Rabengeflüster

Nicole Henser

Impressum

Copyright © 2016 | Nicole Henser

Alle Rechte vorbehalten.
Ein Nachdruck oder eine anderweitige Verwertung ist nur mit schriftlicher Genehmigung der Autoren gestattet. Schauplätze, Begebenheiten und Personen sind reine Fiktion.

Lektorat: Nicole Henser
www.nicole-henser.com
buchdiva@yahoo.de

Cover artist and additional artwork:
www.creationwarrior.net
nathie@creationwarrior.net
Bildquellen: Fotolia

Herstellung und Verlag:
BoD - Books on Demand, Norderstedt
ISBN 978-3-7412-9541-6

Inhalt

The Battle 5

Ewige Sehnsucht 31

Flashback 64

Anderswelt 81

Blutrausch 100

The Battle

Ein Rabe kreiste über dem Feld, er näherte sich wie ein Vorbote des Unheils. Mit jedem Flügelschlag schien das Tier die Dunkelheit zurückzubringen, die gerade erst der Dämmerung gewichen war. Forderte die Kriegsgöttin Morrigan ihr Opfer? Sie war gierig nach dem Blut wilder Kämpfer, es war Mangelware in Zeiten des Friedens. Doch in der Outlaw-Welt herrschte noch immer das Recht des Stärkeren, ein täglicher Krieg.

Langsam stieg der Nebel aus den Wiesen und der Horizont färbte sich gelb. Bald würde die Sonne aufgehen, und schon blendeten Zack die ersten gleißenden Strahlen, die aus den Wolken hervorbrachen. Er schloss die Augen und genoss den Moment der Ruhe, während der Wind mit seinem langen dunklen Haar spielte. Außer dem nervösen Scharren von Motorradstiefeln war kein Laut zu hören, erst auf sein Zeichen würden die *Dark Rebels* ihre Maschinen anwerfen.

Seine Gedanken zerfaserten, sie wanderten rastlos umher. Rebellen, das waren sie. Sie lebten am Rand der Gesellschaft, gegen die sie sich auflehnten und deren Gesetze für sie keine Gültigkeit besaßen. Leider brachte das Leben als Outlaws einige Notwendigkeiten mit sich ... sie machten krumme Geschäfte und mussten sich nicht nur mit der Polizei herumschlagen, sondern vor allem ihre Rivalen zurückdrängen. Zack spürte die Anspannung in der Luft. Die Vorzeichen waren deutlich, sie würden heute vielleicht jemanden verlieren, doch sie hatten keine Wahl.

Wenn sie sich einfach ihr angestammtes Gebiet streitig machen ließen, nahm man sie nicht länger ernst. Der Kampf war nicht abzuwenden, er tobte sonst auf der Straße, aber der heutige Tag sollte Klarheit bringen, welcher Motorradclub das Sagen hatte.

Zack hatte das Gefühl, er könnte die ferne Melodie von Dudelsäcken wahrnehmen, die in der klaren Luft hing. Natürlich war das nur Einbildung, denn sie waren weder in den Highlands noch trugen seine Leute karierte Röckchen. Die Fuchsschwänze wehten allerdings kampflustig an vielen Antennen. Die Männer waren ihm näher als Familie, er trug die Verantwortung für sie und hätte die Hand für jeden Einzelnen ins Feuer gelegt.

„Du wirst keinen von ihnen bekommen, ich bin nicht bereit, jemanden zu opfern", sagte er leise und warf dem Raben einen vernichtenden Blick zu. Keine Schlacht wurde aus Freude geschlagen und diese Bitch sollte sich verziehen, statt sie zu belauern.

Plötzlich hörte Zack Motorengeräusch, das von Sekunde zu Sekunde lauter wurde und zu einem Donnern anschwoll. Es würde nicht mehr lange dauern, bis ihnen die *Satanic Riders* in Gefechtsformation gegenüberstünden.

Ober er wohl bei ihnen war? Zack strich sich nervös über das Gesicht. Wenn seine Männer wüssten, was ihn bewegte, würden sie ihn verachten. Sein Herz klopfte hart gegen die Rippen. Er musste sich zusammenreißen. Sie brauchten einen Anführer, der ganz bei der Sache war. Niemals würde er seine Jungs in Gefahr bringen, weil er sich von seinen Gefühlen ablenken ließ.

„Bleibt ruhig, ich sage euch, wenn es so weit ist", rief Zack seinem Nebenmann zu, als sich die feindliche Gang in einigem Abstand aufstellte. Der ohrenbetäubende Lärm ließ schlagartig nach, denn ihre Gegner drosselten die Drehzahl der Motoren, um in eine abwartende Haltung zu gehen.

„Keine Sorge, Chief, wir folgen deinem Kommando", sagte Ricoh, der alte Haudegen, grinsend. „Sollen wir die Waffen bereithalten?" Er hob seine Fahrradkette, die voller Vorfreude war, ihre Feinde von den Rädern zu holen.

Zack nickte abwesend, seine Augen hatten ihr Ziel gefunden und saugten sich förmlich daran fest: Monty! Ein warmes Gefühl breitete sich in seiner Brust aus.

Der Kerl lachte unbeschwert wie ein Junge, wobei ein Grübchen in seinem Kinn erschien; die langen Ponyfransen hingen ihm verwegen ins Gesicht. Er war der Sohn des gegnerischen Anführers, ebenso blond, doch verunstaltete ihn keine Narbe wie seinen Vater. Anscheinend quoll er über vor Tatendrang und wollte sich ins Getümmel werfen. Monty scherzte mit seinen Kameraden, bevor er sich ein Tuch umband und den Helm aufsetzte.

Ein Schauer durchfuhr Zack, er bekam eine Gänsehaut. Schlug sein Herz nicht nur schneller, sondern lauter? Es dröhnte in seinen Ohren, das konnte nicht nur die Nervosität sein, die ihm das Adrenalin durchs Blut schickte. Die Angst um Monty dämpfte Zacks Kampflust, er hätte den Kerl gern in Sicherheit gewusst. Doch er war ein Mann und starker Krieger, der unbeschwert, ja sogar mit Freude in die Schlacht zog. Nach solchem Fleisch gelüstete es Morrigan.

Spürten sie es denn nicht? Am Himmel türmten sich die Wolken, um dem Ganzen eine dramatische Kulisse zu geben. Selbst der Wind frischte auf. Die Wärme brachte die Erde zum Dampfen und der Geruch von Regen stieg in Zacks Nase. Noch in der Nacht hatte es geschüttet, der Acker war durchweicht und schimmerte in erdigen Schollen. Es erwartete sie ein Schlammbad, der Boden war mehr als trügerisch. Über dem Feld, auf dem sie sich begegnen würden, schwebte mit ausgebreiteten Flügeln der Vogel des Schicksals.

„Verschwinde, es gibt hier nichts für dich!", knurrte Zack mit zusammengebissenen Zähnen. Fort mit diesem höllischen Vieh!

Die *Satanic Riders* stimmten ein gespenstisches Geheul an und Zacks Leute antworteten. Stolz glitt sein Blick über die Reihe der Motorräder mit ihren furchtlosen Fahrern, die schauerliche Töne von sich gaben. Wäre Monty an seiner Seite gewesen, hätte Zack die Welt aus den Angeln heben können.

Nur mit Mühe riss er sich von dem Bild los, um zu tun, was man von ihm erwartete. Es musste sein, eine Entscheidung war vonnöten. Ihr Land sollte bald frei sein von diesen Ratten. An Monty durfte Zack dabei nicht denken; ja, auch er würde davongejagt werden.

„Nimm mein Herz als Opfer und verschone sein Leben", murmelte Zack. Er musste es sich herausreißen, es durfte für ihn keine Gemeinsamkeiten mit einem Mitglied der *Satanic Riders* geben. Seine Sehnsucht würde niemals Erfüllung finden, das war seine Bestimmung. Als Chief der *Dark Rebels* konnte er sie nur annehmen.

Schnarrend verkündete der Ruf des Raben den neuen Tag. Auf dieses Signal hatte Zack gewartet: Der Kampf konnte beginnen.

„Werft die Maschinen an!"

„Gooooo Rideeers!", schrie Bones und schickte ihre Gegner in die Schlacht. Zack tat es ihm gleich mit dem Zeichen für den Vorstoß. Schon bald befand er sich in einem Gewühl aus Helmen, Leibern und hochdrehenden Motoren. Er hob schützend den Arm, als ihm der Dreck um die Ohren flog.

Ketten peitschten durch die Luft und eine selbst gebaute Ramme hob die Fahrer aus dem Sattel, wie eine Lanze beim Ritterturnier. Bei dem beidseitigen Bestreben, den jeweiligen Kontrahenten in den Morast zu befördern, gab es keine Regeln. Schusswaffen waren allerdings nicht erlaubt, es wurde niemand aus dem Sattel geballert. Das verbot der Ehrenkodex, sie kämpften Mann gegen Mann.

Sobald jemand von seinem Motorrad getrennt wurde, war er raus und musste den Acker sofort verlassen. Es wäre lebensmüde gewesen, zwischen den herumschleudernden Maschinen hindurch zu rennen. Dafür lagen sie als gefährliche Hindernisse auf dem Schlachtfeld.

„Wie verfluchte Schmierseife", knurrte Zack, während er durch den Matsch driftete und die Reifen wild durchdrehten. Seine Chakos hatten sich mit einer gegnerischen Waffe, die wie ein selbst gebauter Morgenstern aussah, verheddert. Sie hingen aneinander und es war schwierig, die Kontrolle über das Bike zu behalten.

Es irritierte Zack, dass alle *Satanic Riders* durch die Totenkopf-Tücher vor ihren Gesichtern gleich aussahen. Man konnte sie nur an ihrer Statur unterscheiden. Am meisten störte ihn, Monty aus den Augen verloren zu haben. Ging es ihm gut?

Überall rutschten Fahrer über den glitschigen Untergrund, sie hatten auf beiden Seiten viele Ausfälle. Die Schlacht würde bis zum letzten Mann ausgetragen werden, denn niemand hatte mehr den Überblick, welche Partei die Überlegene war.

Das Röhren der Motoren zerrte an Zacks Nerven, wie auch dieser Kerl, der sich als zäher Gegenspieler entpuppte. Wer war das? Geschickt ging der Arm des Burschen mit, solange sie beide auf den richtigen Moment warteten, den Kampf für sich zu entscheiden. Es reichte Zack langsam, er wollte sich nur noch frei bewegen können. Wenn es nicht anders ging, würde eben die größere Kraft entscheiden, wer seinen Arsch auf der Maschine behielt und wer Dreck fraß.

„Schleimscheißender Mistbock!", fluchte sich Zack in Rage und setzte alles auf eine Karte. Er haute in die Bremsen, um den *Rider* aus dem Sattel zu heben, sodass er unsanft über den Lenker abstieg.

„Shit!" Zack riss seine Honda zurück, Schlamm spritzte hoch und nur unter Schwierigkeiten kam er vor dem am Boden liegenden Mann zum Stehen. Das war verdammt knapp, fast hätte er ihn überrollt.

„Steig auf!" Er griff in die Lederjacke und zog den Gestrauchelten auf die Füße. „Du bist mein Gefangener", raunte er ihm zu, nachdem der Bursche sich gezwungenermaßen hinter ihm auf den Sitz geschwungen hatte. Sein Motorrad war unter ihm weggerutscht, jetzt lag es verbeult und mit sich wild drehendem Hinterrad am Boden.

„Halt dich gut fest!", rief Zack, während er die Maschine herumzwang, um dem Schlag einer Eisenkette auszuweichen. Mit einem kräftigen Tritt gegen die Rückleuchte brachte er seinen Gegner zum Schlingern. Wow, der ging ab wie Schmitz' Katze! Nur sein Sozius hätte sich bei dem Wendemanöver fast verabschiedet. Schnell stoppte Zack, drehte sich um und umschlang seinen Beifahrer.

Er musste sich aus den Kampfhandlungen heraushalten, sonst würde er sein Druckmittel wieder verlieren und brachte es in Gefahr. Außerdem war es vielleicht an der Zeit, das Ganze zu beenden. Sicher würde Bones, der Chief der Gegenseite, seinen Mann zurückhaben wollen. Ein Sieg wäre ein größerer Triumph, aber mit einem Ultimatum, ihr Revier zu verlassen, war es auch getan.

„Runter mit dem Tuch", kommandierte Zack und fixierte seine Beute intensiv. Der Blick aus den grauen Augen ließ ihn Schaudern. Schon bevor die Geisel dem Befehl nachkam, wusste er es: Es war Monty. Und er war verletzt, eine seiner Hände schien unbrauchbar zu sein. Vielleicht hatte es ihn sogar noch schlimmer erwischt.

„Wird es gehen?", fragte Zack rau, als er ihm endlich ins Gesicht sehen konnte. Er durfte nicht auf eine Antwort warten. Sie mussten in Bewegung bleiben, sonst waren sie ein willkommenes Ziel, darum zog Zack den Lenker herum.

Monty fluchte leise und legte dann den gesunden Arm um seine Taille. Geschmeidig passte er sich den Ausweichbewegungen an. Es war nicht einfach, in diesem Durcheinander die Aufmerksamkeit beider Lager auf sich zu ziehen. Zack versuchte, eine exponierte Stelle zu erreichen, von wo aus er gut gesehen werden konnte.

„Festhalten!" Mit Schwung fuhr er eine kleine Böschung hoch und hatte endlich eine bessere Übersicht.

Die *Dark Rebels* hatten die Kriegsbeute auf dem Rücksitz ihres Anführers bereits bemerkt. Die dazugehörigen Schlammgestalten am Rand der „Arena" feuerten sie wild an. Zacks Jungs legten sich mächtig ins Zeug und schlugen die *Satanic Riders* schon bald unter wildem Gejohle in die Flucht. Es war sowieso nur noch eine Handvoll Kämpfer auf ihren Maschinen geblieben.

In sicherem Abstand rotteten sich die Verlierer zu einem Pulk zusammen.

„Los, zeig es ihnen!", zischte Ricoh Zack zu, nachdem er seine Maschine ebenfalls den kleinen Hügel hochgequält hatte. Der hart gesottene Lederkerl war der zweite Mann in der Hierarchie. Er würde keine Ruhe geben, bis er bekam, was er verlangte: Eine stellvertretene Demütigung Montys für den unterlegenen Boss wäre ganz nach Ricohs Geschmack. Warum musste Zack ausgerechnet Bones' Sohn aufgabeln?

Es pochte hart in seiner Brust. Nachdenklich musterte er den Verletzten, der wie ein begossener Pudel neben dem Motorrad stand und seinen Blick mied.

„Was soll ich mit dir machen?", flüsterte er ihm zu. Monty schaute ihm kurz in die Augen und Zacks Magen krampfte sich zusammen. Wie gern hätte er sich bereits im Vorfeld entschuldigt, aber das musste er jetzt durchziehen. Er war es dem erzwungenen Frieden zwischen ihren Gangs schuldig. Das Folgende war ein Ritual, das sich nur in der Ausführung unterschied ...

Kurzentschlossen stellte er sich hinter Monty und schrie ins gegnerische Lager: „Bones! Was hältst du davon, wenn ich dir ein bisschen den Sack kraule? Nach eurer kleinen Niederlage wirst du doch sicher nichts dagegen haben?"

Seine Leute grölten und wieherten vor Lachen, während Zack eine gespreizte Hand auf Montys Bauch legte. Die Kutte musste er anbehalten, nur so stand er symbolisch für die *Satanic Riders* hier.

Zack trat ihm die Beine ein Stück auseinander und sah vorbei an der Schulter seines Gefangenen, wie sich seine Jeans im Schritt straffte. Als Monty sich aufbäumte und versuchte, sich gegen seinen Griff zu wehren, drehte ihm Zack den unverletzten Arm nach hinten. Er tat ihm nicht weh, aber er hielt ihn so fest, dass Monty anscheinend schnell merkte, wie sinnlos es war, sich weiter zu sträuben. Während Zack seine Nase durch das blonde Haar rieb, hielt Monty ganz still – sein Atem ging jedoch keuchend. Dieser Duft ...

Das Herz schlug Zack bis zum Hals, auch in seiner Hose tat sich etwas. Begehren pulsierte durch seinen Unterleib, die Nähe brachte ihn noch um den Verstand. Doch als Wortführer musste er seine Gedanken zusammenhalten.

Er wartete, bis Bones sich zu ihnen umdrehte, dann wanderten seine Finger demonstrativ zu Montys Mitte. Der wehrlose Bursche zuckte zusammen. Zack umfasste die Wölbung zwischen seinen Schenkeln, die sich unter der sanften Massage schnell zu beachtlicher Größe entwickelte. Ein Beben ging durch Montys Körper und, obwohl sein Arm sicher schmerzte, stöhnte er leise.

„Das wollte ich immer schon mal tun, Bones!" Zack verhöhnte seinen Rivalen grinsend, der dies mit einem wütenden Fluch quittierte. Die Männer, die sich um ihn geschart hatten, schwiegen betreten.

„Fahr zur Hölle!", keuchte Monty, als er seine Härte intensiver ertastete. Der Kerl spannte seine Bauchmuskeln an und Zacks Hand glitt ungehindert in den Bund der geknöpften Jeans. Nun liebkoste er Montys nackten Schwanz, dabei rieb er ihm seine eigene Erektion an den Hintern. Hilflos zappelnd wand sich der Bursche in seiner Umarmung.

„Hör auf", bat ihn Monty beinahe flehend und schluckte. Trotz aller Gegenwehr reagierte er sofort auf die Berührungen. Sein Schaft war groß, heiß und samtig, Zack spürte, wie er in seiner Hand zuckte.

Für diese Show, die er seinen Leuten lieferte, lachte Zack, doch innerlich war er ein Wrack. Er liebte Monty schon lange aus der Ferne; ihm eine solche Schmach antun zu müssen, tat ihm unendlich weh.

Dennoch war er wie elektrisiert, weil sein Gefangener derart auf die Behandlung ansprang. Montys ganzer Körper vibrierte vor Lust. Ob es ihm gefiel?

Zack blendete alles aus, er hörte nicht länger die Begeisterung seiner Männer und auch nicht das wütende Geschrei der Gegenseite. Um es zu Ende zu bringen, beschleunigte er seine Bewegungen und spürte erste Feuchtigkeit an den Fingern. Monty hatte den Kopf mit geschlossenen Augen an seine Schulter gelehnt und stöhnte unterdrückt. Fasziniert betrachtete Zack sein Profil, während der Schwanz in seiner Hand immer weiter anschwoll und pulsierte. Es würde nicht mehr lange dauern, bis der verführerische Kerl kam.

Als Monty sich in seinen Armen aufbäumte und verzweifelt schrie, hätte Zack alles dafür gegeben, mit ihm allein zu sein. Er wollte ihn halten, küssen und streicheln, ihm zärtliche Worte zuflüstern. Stattdessen hielt er zum Beweis seine klebrige Hand in die Höhe.

„Es war schön mit dir, Bones! Jederzeit wieder!" Nach außen musste Zack sich cool geben. „Wir behalten deinen Sohn bei uns, bis ihr das Feld geräumt habt."

Auf Bones' Gesicht sah man die unterdrückte Wut. Der geschlagene Gegner würde noch lange an seiner Niederlage zu knabbern haben. Nun durfte er sich endlich mit seinen Männern zurückziehen – so sah es das ungeschriebene Gesetz für die Verlierer vor. Wortlos drehten sie sich um und stiegen auf ihre Maschinen, soweit diese noch fahrtüchtig waren.

Das Siegesgeheul der *Dark Rebels* erfüllte die kühle Luft und schon bald lag das Schlachtfeld wieder friedlich in der Morgensonne. Nur die tiefen Radspuren und Furchen in der Erde waren Zeugen des Geschehens.

Zack beobachtete den Raben mit zusammengekniffenen Augen, während ihre Motorräder in das Lager rollten, das sie mit alten Wohnanhängern und Bauwagen aufgeschlagen hatten. Der große Vogel ließ sich zielstrebig auf seinem Caravan nieder und schaute ihnen keck entgegen.

Das Mistvieh verfolgte sie schon, seit sie das Schlachtfeld verlassen hatten. War das wirklich Morrigan, die Göttin des Krieges? Forderte sie noch immer ihr Opfer, weil es keine Toten gegeben hatte?

Für einen Moment fuhr Zack der Schreck in die Glieder, als er daran zurückdachte, wie er Monty um Haaresbreite überrollt hätte. Doch das Gefühl wechselte schnell zu Erleichterung und verhaltener Freude. Der hübsche Kerl war bei ihm – er war nicht länger allein und Monty war auf seine Berührungen abgefahren. Was auch immer das bedeutete.

Knurrend angelte er nach einer herumliegenden leeren Bierdose, hob sie auf und warf sie nach dem Raben. „Weg mit dir! Ich habe das Schicksal besiegt. Zumindest für heute!"

Die Frauen, die zu ihrem Club gehörten, stürmten aus den provisorischen Unterkünften, um die Heimkehrer zu begrüßen. Zu ihrer eigenen Sicherheit hatte Zack ihnen untersagt, die *Dark Rebels* bei Raubzügen und dergleichen zu begleiten. Erwartungsvolle Blicke richteten sich auf ihren Anführer, denn es lag nun an ihm, ob es zu einem spontanen Siegesgelage käme.

Lachend schüttelte Zack den Kopf. „Feiert, was das Zeug hält, aber ich muss mich jetzt um unseren Gast kümmern." Er schwang sich von der Maschine und half Monty beim Absteigen, dann bugsierte er ihn in seinen Wohnwagen. Draußen erklang triumphierendes Geheul und Zack wusste, dass schon bald eine ausgelassene Party im Gange sein würde, aber das interessierte ihn nicht weiter.

„Komm schon, ich muss mir deinen Arm ansehen", sagte er leise, als er Monty hinunterdrückte, bis er auf der Liegefläche saß, auf der noch das zerknautschte Bettzeug lag. Alles war halbwegs sauber, denn Zack hasste es, so beengt leben zu müssen, und versuchte sein Umfeld so angenehm wie möglich zu gestalten. Es fiel ihm allerdings schwer, auf dem knappen Raum Ordnung zu halten, deshalb umgab sie ein kreatives Chaos.

Er suchte im Einbauschrank nach einer Packung, dann drehte Zack sich wieder um und ging zwischen Montys Schenkeln in die Hocke. „Zieh dein Shirt aus", flüsterte er sanft, doch Monty hielt ihn fest, als er den Stoff hochschieben wollte.

„Nicht." Mit gesenktem Blick beharrte er auf seiner Weigerung, doch dann gab er nach. Zögernd ließ Monty seine Hand los und half ihm, ihn von dem Oberteil zu befreien. Am liebsten hätte Zack seine Nase in dem T-Shirt vergraben; die leicht gebräunte Haut mit den Tattoos lud dazu ein, die Finger darübergleiten zu lassen, aber er hielt sich mühsam zurück. Als er den Blick hob, sah er in der Sonne das goldene Aufleuchten von Montys Bartstoppeln. Unter all dem verkrusteten Dreck wirkte der Kerl so unschuldig, doch Zack wusste, der Eindruck täuschte. Ein Engel war er gewiss nicht.

„Der ist nicht gebrochen, bestimmt ist er nur geprellt", murmelte Zack, nachdem er den Arm untersucht hatte. Trotzdem würde er ihn fixieren und ihm mit einer Schiene Halt geben. Er schaute in Montys Gesicht, das nicht nur schlamm- und blutverschmiert war, sondern auch von einem dünnen Schweißfilm überzogen. Schmerz zeichnete sich darauf ab, darum hielt der Bursche die Augen wohl fest geschlossen. Seine Wimpern waren lang und blond, es gab vereinzelte Sommersprossen. So nah waren sie sich noch nie gewesen; der Geruch seines Körpers stieg Zack in die Nase.

Für diesen Wunsch würde er im Fegefeuer schmoren, trotzdem musste er Monty einfach besitzen, auch gegen seinen Willen ... diese Chance würde er kein zweites Mal bekommen. Wenn Monty nicht auf Kerle stand, sollte er bald um eine wertvolle Erfahrung reicher sein.

Zack legte sich die Tablette auf die Zungenspitze und streichelte mit den Lippen über Montys Mund. Endlich konnte er seinen Gefühlen freien Lauf lassen und nehmen, was sein Gefangener bereit war, ihm zu geben. Sanft verschaffte er sich Einlass und das schmerzstillende Medikament wechselte den Besitzer. Es schmeckte bitter, als es sich auflöste, und Zack teilte sich die Wirkung mit Monty. Vielleicht konnte das Mittel seinen Verstand ausschalten.

Genüsslich erforschte er die Mundhöhle, umtanzte die Zunge. Seine Lippen strichen über Montys

Mund. Er erwiderte seine Zärtlichkeiten nicht, aber er blockte sie auch nicht ab.

Mit wild klopfendem Herzen beendete Zack den Kuss, um ihm über die geschundene Wange zu streicheln. Für den Arm konnte er jetzt nicht viel tun, aber er würde das hübsche Gesicht von all dem Schmutz befreien, der es verunstaltete. Geschmeidig stand er auf und füllte einen Kessel mit Wasser, um es auf der Gasflamme seines kleinen Herdes zu erwärmen.

Aus dem Augenwinkel bemerkte Zack, dass sich Monty leise stöhnend auf sein Bett legte und sich das Kopfkissen unter dem Kopf zurechtschob. So unwohl schien er sich nicht bei ihm zu fühlen. Schmunzelnd kramte Zack eine Schüssel und einen halbwegs sauberen Lappen hervor.

Da Monty aussah, als wäre er eingenickt, setzte sich Zack auf die Bettkante und wrang das Tuch aus. Er tupfte ihm das Blut von den Abschürfungen, folgte den Linien des markanten Kiefers und strich den Hals hinunter, an dem noch dick der getrocknete Lehm klebte.

Nur ein kurzes Zucken verriet, dass Monty wach war. Es war die einzige Reaktion auf die sanften Berührungen, doch Zack ließ sich nicht beirren, er entfernte weiter die Spuren des Kampfes. Schon bald lag der Lappen auf Montys nackter Brust; Zack streichelte über die Augenbrauen und erkundete dann die zarte Haut seiner Lippen. Wie automatisch öffnete sich der Mund ein wenig und Zack ließ seinen Finger hineingleiten. Er hielt den Atem an, als Montys Zunge zögernd damit spielte, um ihn zu necken. Ganz langsam umkreiste sie ihn, seine Nervenenden gerieten dabei in Schwingungen.

Das brachte ihn um, er wollte diesen Mann! Wie oft hatte er sich so eine Situation in seinen Träumen ausgemalt, doch jetzt wagte er es kaum, sich zu bewegen, um den Zauber des Augenblicks nicht zu zerstören.

Monty hatte anscheinend alles um sich herum vergessen, er saugte und leckte noch immer, knabberte an ihm. In seinen schlammverkrusteten Jeans richtete sich der Schwanz auf, Zack konnte förmlich dabei zusehen. Auch durch seine Lenden pulsierte das Verlangen, die Reize, die von seiner Fingerspitze ausgingen, landeten direkt in seinem Unterleib. Niemals wäre er auf die Idee gekommen, seinem unfreiwilligen Gefährten das Spielzeug zu entziehen, zu erregend war das, was er tat.

Stattdessen suchten seine Lippen nach Montys Brustwarzen, die er verwöhnte, bis sie zu harten Perlen wurden. Der warme Duft machte das Gefühl an seiner Zunge umso intensiver. Zack spürte, wie sich Montys Atem beschleunigte; er zog den Finger langsam aus seinem Mund, doch als er ihn küssen wollte, drehte er den Kopf weg.

Was sollte er jetzt tun? Er wusste so gut wie nichts über Monty. Vorerst nahm er das Tuch und wusch es gründlich in dem warmen Wasser aus. Da Monty noch immer die Augen geschlossen hatte, fuhr Zack damit fort, den Dreck zu entfernen. Er strich genüsslich mit dem Lappen über den Oberkörper, die muskulösen Arme, wobei es in Zacks Kopf rotierte: Diese Teilnahmslosigkeit machte ihn wahnsinnig!

„Verdammt, rede mit mir! Ich könnte mir einfach nehmen, was mir als Sieger zusteht!", brach es aus ihm heraus, als er langsam die Geduld verlor.

War das ein Lächeln auf Montys Lippen? Konnte es sein, dass er genau das mit seinem Verhalten bezweckte? Zack wartete noch einen Moment, dann knurrte er: „Gut, du hast es so gewollt!"

Mit ein paar Handgriffen hatte er seinem Gefangenen die Jeans ausgezogen und bestaunte den durchtrainierten nackten Körper, der förmlich zu leuchten schien. Monty hatte sich nicht gewehrt, sondern ihm hier und da unauffällig Hilfestellung gegeben.

„Aus dir soll einer schlau werden", flüsterte Zack nachdenklich und ließ seine Hände auf Wanderschaft gehen. Zärtlich zupfte er an der feinen Spur blonder Härchen, die zu Montys prallem Ständer führte. Sein Schwanz war wohlgeformt und lockte mit einem verführerischen Duft, doch im Moment wollte Zack dem Kerl zeigen, wer der Sieger war. Es war nicht seine Schuld, wenn Monty weiter schwieg.

Dann würde er ihn eben dazu verleiten, seinem Verlangen zu folgen. Zacks Finger verteilten etwas Gel zwischen seinen muskulösen Backen, als er ihm dann doch die Lippen um die Eichel legte und sie aufreizend langsam leckte. Was für ein Geschmack! Mit der Zunge umschmeichelte er das pulsierende Fleisch, nahm genüsslich das Precum auf. Monty presste die Kiefer aufeinander, um keinen Laut von sich zu geben, aber Zack spürte sein Vibrieren. Er stimulierte ihn weiter, reizte seinen wundervollen Hintern, doch Monty gab die passive Haltung nicht auf. Nur sein Körper verriet, dass er die Berührungen genoss.

Erst, als Zack sich Montys Unterschenkel über die Schultern legte und vorsichtig in ihn eindrang, riss dieser verdammte Mistbock die Augen auf – begleitet von einem tiefen Stöhnen, den Blick dunkel vor Lust …

Die Sonne brannte erbarmungslos vom Himmel und sie ließen sich den Wind um die freien Oberkörper wehen. Leise brummend ordnete Zack den Inhalt seiner Jeans. Er saß am Steuer der schweren Honda und Montys Hand lag ziemlich weit oben auf seinem Oberschenkel. Da Zack ihm den Arm mit einer Schiene ruhiggestellt hatte, musste er ihn gestreckt halten. Während der Fahrt war es die bequemste Haltung für ihn, aber Zack hatte ihn im Verdacht, dies als Vorwand zu nutzen, um ihn zu quälen.

Seine Männer bekamen von alledem nichts mit, sie folgten ihnen in der gewohnten Formation. Für sie war Monty nur eine Geisel, die Garantie dafür, bei ihren Ausfahrten und Geschäften nicht länger auf die *Satanic Riders* zu stoßen. Doch Monty war so viel mehr als das.

Schon seit Tagen spielten sie Katz und Maus: Monty entgegnete nichts, weder wenn er ihn ansprach, noch, wenn er ihn berührte. Jeden von Zacks Annäherungsversuchen hatte er ohne eine Reaktion über sich ergehen lassen, bis er entnervt und halb wahnsinnig vor Verlangen aufgegeben hatte. Und doch reizte Monty ihn, wann immer er konnte, seine

Rolle als Beifahrer gab ihm ausreichend Gelegenheit dazu.

Höllenfolter! Warum redete er nicht mit ihm? Zack war wie von Sinnen, seine Emotionen gerieten immer weiter außer Kontrolle. Es schien so einfach, er konnte Montys Nähe suchen, wann immer ihm danach war. Ihn im Arm halten, seinen Duft genießen, seine Wärme, aber als willenloses Spielzeug wollte Zack ihn nicht. Darum hatte er ihn nicht mehr angerührt, seit sie das erste Mal miteinander geschlafen hatten. Die Sehnsucht zerriss ihm das Herz.

Montys Körper sprach eine ganz andere Sprache, aber sein Innerstes verschloss er vor ihm. So ging das nicht weiter! Das war das Opfer, das Morrigan von Zack verlangte: Er sollte sich dieses zappelnde Ding selbst aus der Brust reißen, um es ihr noch warm und zuckend in die ausgestreckten Klauen zu legen! Ihre Gier war grenzenlos, sie forderte ihren Tribut von ihm.

Verstohlen schaute Zack sich um und sah seinen schwarzgefiederten Begleiter am Himmel über sich. Der Rabe verfolgte ihn wie ein Fluch! Hatte er für den Sieg zu zahlen? Dafür, der Chief seiner Leute sein zu dürfen?

Mit einem tiefen Seufzer nahm er Montys Hand und legte sie in der Nähe des Knies zurück auf sein Bein. „Ich fahre dich jetzt zu deinen Leuten", rief er ihm zu. „Du bist nicht länger mein Gefangener."

Zack gab den *Dark Rebels* das Zeichen zum Anhalten und nahm Ricoh kurz an die Seite. Mit ein paar Worten übergab er ihm das Kommando, dann steuerte er das Hauptquartier der *Satanic Riders* an. Mit etwas

Glück waren sie noch da, so schnell räumten sie sicher nicht das Feld und sie würden Monty nicht zurücklassen.

Nach wie vor erntete er nichts als Schweigen vom Rücksitz. Es deprimierte Zack, von dem Burschen keinerlei Beachtung zu bekommen. Das schmerzte mehr, als es jede Wunde gekonnt hätte.

„Fahr hier in den Weg!", sagte Monty plötzlich und zeigte mit dem steifen Arm die Richtung an. Erstaunt lenkte Zack das Motorrad auf den Pfad, der in ein schattiges Waldstück führte. Normalerweise hätte er ihn gar nicht wahrgenommen, so unscheinbar und zugewachsen war er. „Das ist keine Crossmaschine", bemerkte er, als sie über dicke Wurzeln holperten. „Lange machen die Federn das nicht mit."

„Da vorn ist eine versteckte Lichtung. Halte dort an!" Monty klang bestimmend und Zack war viel zu neugierig, was er vorhatte, um aufzubegehren. Außerdem freute er sich, dass der Kerl zur Sprache zurückgefunden hatte.

Beim Absteigen verlor Monty das Gleichgewicht und lehnte sich gegen ihn, ihre warme Haut berührte sich. Sie zuckten beide leicht zurück. Schlagartig war Zack klar, wie sehr auch Monty die heimlichen Liebkosungen genossen hatte. Am liebsten hätte er ihn erneut an sich gezogen, um seine Erregung deutlicher zu spüren, aber er wurde sanft weggestupst.

„Stell' dich dort mit dem Gesicht an den Baum!" Monty hatte anscheinend genaue Vorstellungen, was er wollte, und Zack folgte fasziniert von seiner Veränderung den Anweisungen.

Blitzschnell schlang Monty die Schlaufe eines langen Spanngurts, den er im Staufach unter der Sitzbank gefunden hatte, um seine rechte Hand und zog sie fest. Dann führte er das reißfeste Band um den dicken Stamm und fesselte sein anderes Handgelenk. Zack hätte sich problemlos befreien können, zumal Monty gehandikapt war und die Knoten unbeholfen knüpfte, trotzdem hielt er still und beobachtete ihn bei seinem Tun.

Wenn er sich rächen wollte – nur zu, er hatte es verdient. Und doch war es einen Versuch wert gewesen, Monty zu erobern.

Schicksalsergeben ließ sich Zack alles gefallen, aber als Monty das Tuch von seinem Hals nehmen wollte, sagte er: „Das ist mein Glücksbringer, der mir viel bedeutet. Mach keinen Blödsinn damit, okay?"

„Was denkst du, werde ich damit tun?" Der kleine Drecksack grinste, dann kam er ganz nah heran, um den Knoten mithilfe der Zähne zu lösen. Zack fühlte den heißen Atem an seiner Kehle und gleich darauf die Zunge, die ihn bis zum Ohr neckte. Eine Gänsehaut überlief seinen Körper.

„Ich verbinde dir die Augen. Dann bist du völlig hilflos und fühlst dich so ohnmächtig, wie ich es getan habe", flüsterte Monty.

Als er ihm in die Halsbeuge biss, war es mit Zacks Beherrschung vorbei. Good Heavens! Er stöhnte tief und erbebte, dann wurde es dunkel, das Tuch verdeckte die obere Hälfte seines Gesichts. Plötzlich spürte er Montys Hand, die sich von hinten zwischen seine Schenkel legte und ihm sanft den Sack knetete. Mit dem Fuß spreizte er seine Beine noch etwas weiter. Verdammt, Zacks Hose war kurz vor dem Platzen. Ein heißer Schauer rieselte durch sein Rückgrat und der Puls nahm Fahrt auf.

„Bestimmt wird es deine Männer sehr erfreuen, wenn sie dich hier nackt und gefesselt antreffen. Du wirst für lange Zeit Gesprächsstoff sein." Monty lachte, dann hauchte er ihm ins Ohr: „Oder vielleicht sollten es lieber *meine* Leute sein, die dich so vorfinden. Mein Vater wird sich noch an die Schmach erinnern, die du ihm zugefügt hast …"

Nackt? Zack schluckte hart. Die ganze Situation hatte augenblicklich ihren Reiz verloren, als ihm klar wurde, was für ein gottverdammter Esel er gewesen war. Monty hatte ihn noch nicht einmal überwältigen müssen, er hatte sich selbst in Erwartung eines erotischen Spiels in diese missliche Lage gebracht.

Und doch erbebte er, als er Montys Härte am Hintern fühlte. Der Kerl umfasste seine Taille und öffnete ihm in aller Seelenruhe die Jeans, um dann hineinzugreifen. Zack konnte das Ganze nur hilflos geschehen lassen. Besitzergreifend legte Monty die Finger um seine Erektion und rieb sie genüsslich, aber dann ließ er von ihm ab, zog ihm die Hose herunter und sagte mit eiskalter Stimme: „Dein Motorrad werde ich als Trophäe behalten und mich zur Abwechslung auch mal feiern lassen. Soll Bones sich an dir austoben und für mich Rache nehmen …"

Das waren Montys letzte Worte, danach hörte Zack nur noch den Motor seiner Maschine aufheulen. Stille breitete sich aus. Die Geräusche verklangen immer weiter in der Ferne, darum zuckte er erschreckt zusammen, als der Rabe direkt über seinem Kopf schnarrte.

„Ja, das muss dir gefallen", sagte er bitter und legte seine heiße Stirn gegen den Stamm; am liebsten wäre er vor Scham im Boden versunken. „Bald kannst du dir mein Herz und meine Eier holen."

Das Knacken eines Astes schreckte Zack hoch, denn er hatte sich gegen den Baum gelehnt und war in leichten Schlummer gefallen. Seine Wangen brannten wie Feuer, er hatte versucht, zumindest das Tuch über seinen Augen zu entfernen, indem er es an der rauen Borke abstreifte, doch es war ein hoffnungsloses Unterfangen gewesen. Nun war er noch immer blind und seine Haut verschrammt.

„Ist da jemand?", fragte er mit fester Stimme. Angespannt horchte Zack in seine Umgebung, aber außer den Geräuschen des Waldes konnte er nichts weiter wahrnehmen. Da war wieder ein Knacken, das nun ganz in der Nähe erklang. Es raschelte hinter ihm und Zack war sich sicher, leises Atmen zu hören, das sich langsam auf ihn zu bewegte.

„Binde mich los!" Er versuchte es mit Strenge, doch das leise Lachen direkt neben seinem Ohr zeugte davon, dass der Unbekannte seiner energischen Bitte nicht nachkommen wollte. Der Laut bescherte ihm eine Gänsehaut und Zack war sich seiner Hilflosigkeit schon fast schmerzhaft bewusst. Statt der erwarteten Antwort fühlte er eine Berührung an seinem nackten Hinterteil, sie war warm und feucht und ließ Zack an eine Zungenspitze denken, die ihn dort sanft reizte. Das konnte doch nicht wahr sein ... wie geil.

„Wer bist du?", kam schon weit weniger forsch über seine Lippen.

Er hatte verzweifelt versucht, sich zu befreien oder sich zur Wehr zu setzen, aber es war zwecklos, Monty hatte ihn sicher verzurrt. Zarte Bisse in seine Backen, die auseinandergezogen wurden, brachten Zack zum Beben, und auch die jetzt hinzukommenden tastenden Finger verfehlten ihre Wirkung nicht. Sein anonymer Besucher schien es zu genießen, sich an seinem Fleisch zu laben, er ging behutsam aber sehr zielstrebig vor. Als die Zunge zurückkehrte, sog Zack scharf den Atem ein, das Gefühl war einfach überwältigend. Was sollte das werden?

Zack versuchte, seine Erregung nicht zu sehr zu zeigen. War es ein Fremder, der zufällig vorbeigekommen war? Das war nicht Bones und auch keiner seiner Männer ... Also, wer war er dann? Die lustvollen Zuckungen in Zacks Ständer, der mal gerieben und mal an die grobe Borke gedrückt wurde, ließen seine Gedanken immer unwichtiger werden.

„Jesus!", stöhnte er, als er erst von mehreren Fingern penetriert wurde und dann kurz darauf von einem stattlichen Schwanz. Viel Zeit hatte ihm der Kerl nicht gelassen und außer Speichel gab es kein Gleitmittel, also nutzte wohl jemand eine spontane Gelegenheit. Der Unbekannte vergrub eine Hand in Zacks Haar und bog seinen Kopf zurück, sodass er die Lippen erreichen konnte. Schon fühlte er die Zunge in seinem Mund, der Kuss war gierig und voller Leidenschaft.

Ja, das hatte Zack sich gewünscht. Genau so hatte Monty ihn küssen sollen. Monty! Er begriff noch nicht ganz, dass er seinen Verführer erkannt hatte. Nur ein einziges Mal hatte er seinen Gefangenen schmecken dürfen, doch die dazugehörigen Eindrücke hatten sich fest in seiner Erinnerung verankert.

„Monty", flüsterte er rau. Plötzlich erwärmte sich sein Inneres und er entspannte sich, um ihn tiefer in sich aufzunehmen. Zack war sich ganz sicher. Er empfing jeden Stoß voller Freude und stöhnte auf, als seine Härte von sanften Fingern liebkost wurde.

„Vielleicht hättest du mich mal fragen sollen, ob ich zu meinem Clan zurück möchte", keuchte Monty in Zacks Ohr. „Es ist schön bei dir, aber du dürftest dich auch gern mal an mir bedienen."

Erleichtert legte Zack den Kopf in den Nacken und lachte leise, dann wurde er von einer Woge der Lust erfasst und entlud sich fast zeitgleich mit Monty, der sein Sperma heiß in ihn hineinpumpte. Alles war richtig, alles war gut.

„Frag mich doch mal, ob ich zu *meinem* Clan zurückkehren will." Zacks Stimme war rau, als er seinen Bezwinger an sich zog und ihn dann zärtlich küsste. Der Kerl war ein Filou. Ihre Lippen verschmolzen miteinander und Monty schmiegte sich mit jeder Sekunde fester in seine Arme. Zack konnte es kaum glauben, ihn halten zu dürfen. „Lass uns Richtung Sonne fahren ..." Seine Worte waren nur ein Flüstern.

„Wir sind frei", antwortete Monty, nachdem sie auf der Honda saßen, und biss ihm sanft ins Ohr.

Das Motorrad wirbelte eine dicke Staubwolke auf; endlich hatte es wieder die Straße unter den Rädern. Ja, sie waren frei wie die Vögel. Es gab keinen Vertrag mit einer blutrünstigen Fee, Zack hatte nie etwas unterschrieben. Sollte sie lauern, aber in ihr Fleisch würde sie ihren Schnabel nicht schlagen.

Er drehte sich kurz zu Monty um und lächelte ihn an, dann beobachtete er, wie der Rabe am Himmel eine Schleife zog und das Lager der *Dark Rebels* ansteuerte. Sein Herz wurde schwer, als er sich bewusst gegen seine Familie entschied. Für Monty.

„Da geht er hin, mein Fluch. Es ist alles nur eine Frage der Zeit, bis sie ihr Opfer bekommt …", murmelte Zack nachdenklich. „Morrigan, Göttin der Schlacht und Vorbotin des Todes."

Sollten seine Männer sich unter Ricos Führung weiter am Rand des Abgrundes bewegen – für ihn und Monty hielt das Schicksal etwas anderes bereit. Und Zack schaute nicht zurück.

Ewige Sehnsucht

Dunkle Wolken wirbelten auf und zerstoben sogleich wieder, als der Mantel sie teilte. „Wo bleibt dieser Kerl?", donnerte Graf Alexander Bartok. Ein Blick auf die große staubige Uhr an den Steinquadern verriet ihm, dass es schon weit nach der vereinbarten Zeit war. „Niemand lässt mich ungestraft warten!"

Ein Besucher brachte immer ein wenig Freude mit sich, doch dieser Kerl ließ jeden Anstand vermissen. Mit einer Handbewegung versuchte Alexander, die trüben Gedanken zu verscheuchen, nur gelang es ihm nicht. „Wo ist die Herausforderung, die dieses ewige Leben rechtfertigt?"

Das war eine existenzielle Frage. Ihm fehlte Erfüllung, alles war schal, geschmacklos und bar jeder Freude. Nur eine alte Haushälterin war bei ihm geblieben, um ihn zu versorgen. Sie mochte er allerdings schon lange nicht mehr, er bevorzugte junge Menschen. Doch das war nur das, was seinen Magen füllte, viel schlimmer empfand er die Einsamkeit in dieser Ödnis. Sein Herz fror, er wünschte sich Geborgenheit.

Er ging zu dem Eichentisch, der den Mittelpunkt der Halle bildete, und streichelte über den mit Edelsteinen besetzten Kelch, das golden eingeschlagene Buch und den Dolch. Jedes der Stücke war kostbar, doch sie bedeuteten ihm nichts, wie ihm ohnehin all sein Besitz zuwider war. Die einzig wichtige Funktion, die er seinem Reichtum an Artefakten zugestand, war die Tatsache, dass renommierte Museen ganz wild darauf waren, ihm einige davon abzukaufen.

„Dieses Schloss ist mir ein Klotz am Bein!", verfluchte er sein Schicksal. Sein Familiensitz kostete so viel Unterhalt, der Staat hatte ihn noch nicht einmal als Geschenk angenommen. Sie waren untrennbar miteinander verbunden.

Alexander war der letzte Spross eines siebenbürgischen Adelsgeschlechts. Notgedrungen bewahrte er die Traditionen und versuchte, sein Umfeld vor dem neumodischen Kram zu bewahren. Er passte einfach nicht zu dem verfallenen Gemäuer. Dabei fehlte ihm leider jedes unternehmerische Gespür, um Profit aus diesem altertümlichen Zeug zu schlagen.

Sogar Hollywood war auf ihn aufmerksam geworden. Sie wollten Filme bei ihm drehen und fragten ihm Löcher in den Bauch über Anekdoten aus seiner Vergangenheit – doch das war alles nicht echt. Er hasste geheucheltes Interesse. Deshalb hatte er bisher alle Angebote der Traumfabrik abgelehnt. Warum konnten sie nicht gleich ein Kaufgebot für sein Schloss abgeben? Er hätte es mit Kusshand angenommen, das bedeutete seine Freiheit.

Es musste etwas geschehen, Alexander bemerkte immer deutlicher, dass er sich nicht länger vor der Welt verstecken konnte. Selbst in seinem Bergdorf in den Karpaten hatte die Moderne Einzug gehalten. Es wurde immer schwieriger, sich angemessen zu ernähren, deshalb kam es ihm sehr gelegen, wenn sich Drehbuchautoren und Museumsmitarbeiter ein Stelldichein bei ihm gaben.

„Sie bringen mir so viel mehr als Geld. Das Leben kommt hierher zurück, wenn es auch meist nicht länger bleibt, als bis zum Abendessen ..." Dieser Sarkasmus war sein bester Freund, aber er unterbrach sich, als er das Läuten der Glocke vernahm, das seinen Besucher ankündigte. Endlich!

Es musste der angemeldete Amerikaner sein, die Einheimischen mieden Alexander wie die Pest. Alte Gerüchte rankten sich um das Schloss und seinen Bewohner. Wie zu allen Zeiten häuften sich die Vermisstenfälle in der Gegend. Aber trotz der heutigen Polizeimethoden, die auf DNA-Tests setzten statt auf düstere Legenden, gab es weder Spuren noch tauchten die verschwundenen Personen wieder auf.

Alexander öffnete die eisenbeschlagene Holztür in dem viel größeren Tor, die mit einem Quietschen aufschwang. „Willkommen in meinem Heim. Ich bin Alexander Bartok, Graf über dieses Land", knurrte er, weil er dem verspäteten Neuankömmling noch immer zürnte. Der helle Streifen am Horizont zeugte davon, dass die Sonne bald aufgehen würde.

„Sie werden bereits erwartet", fügte er sarkastisch hinzu, während er verstohlen schnupperte. Dieser Mann roch köstlich, schon viel zu lange hatte er nichts als den modrigen Geruch seiner Umgebung wahrgenommen.

Prüfend wanderte sein Blick von den Turnschuhen zur Designerjeans und hoch über das T-Shirt, das einen muskulösen Körper mehr zeigte als verdeckte. Nachdem Alexanders Aufmerksamkeit bei dem markanten Gesicht angekommen war, stockte er und schluckte. Er war selbst ein hochgewachsener Mann, aber sein Gegenüber überragte ihn noch um ein gutes Stück und musterte ihn seinerseits interessiert.

"Jeremy Hammersmith vom Royal Art Museum, Zweigstelle Chicago, Sir. Sie haben hier ein wirklich abgefahrenes Schloss. Führen Sie ein altes Schauspiel auf, um mich zu empfangen?"

Das amüsierte Aufblitzen in den Augen seines Besuchers bescherte Alexander ein seltsames Gefühl in der Magengegend. Er fühlte sich plötzlich wie ein längst vergessenes Relikt, ein wenig angestaubt, wie der Rest seines Anwesens.

„Das ist es, was wir unter Gastfreundschaft verstehen, Mr. Hammersmith." Ein wenig verlegen nestelte Alexander an den schmuddeligen Spitzenaufschlägen seiner Ärmel.

„Nennen Sie mich Jeremy", sagte der Mann mit hoch erhobenem Haupt. „Und wie hat Ihre Mama Sie gerufen?"

Verwirrt von so viel Respektlosigkeit, fiel es Alexander gar nicht auf, dass sie noch immer in der Eingangstür standen und sich mit Blicken maßen. Als hätte er eine Vorahnung, tat er sich schwer, den Eindringling über seine Schwelle treten zu lassen. Endlich senkte Alexander seine Augen, da von seinem Gegenüber dieses Entgegenkommen anscheinend nicht zu erwarten war.

„Comoara", murmelte er, was nichts anderes als „Schatz" bedeutete. So hatte seine Mutter ihn genannt, doch erst sein Schöpfer hatte ihn zu dem gemacht, was er war. Er bat den ungehobelten Burschen vom Museum mit einer Geste herein. Sie hatten sich noch nicht einmal die Hände gereicht, aber sie schienen beide zu zögern, eine solche Berührung zu riskieren, denn die Luft zwischen ihnen knisterte.

Als Jeremy seine Reisetasche schulterte und dem Grafen in das Gebäude folgte, fiel ihm auf, was für ein attraktiver Mann er doch war. Vielleicht wirkte er ein bisschen steif. Sein Gastgeber hatte klassische Gesichtszüge, so ebenmäßig, dass sie wie ein Kunstwerk wirkten, dabei war sein Alter schwer zu schätzen. Jeremy hätte zu gern gewusst, was sich unter diesem Barockkostüm verbarg. Die Hose schmiegte sich um die schmalen Hüften und machte schon einige Spekulationen unnötig.

Schmunzelnd schaute Jeremy sich um und entdeckte verhüllte Ölgemälde, andere Kunstgegenstände und Staub, jede Menge Staub.

„Es ist eine Schande, die Artefakte von diesem Ort zu entfernen. Ich habe sie noch nicht begutachtet, aber den Beschreibungen nach passen sie perfekt in dieses Spukschloss", plauderte er drauflos, um die Spannung abzubauen. „Haben Sie noch nie daran gedacht, ein Vampirmuseum aus dem alten Kasten zu machen, Alex? Das Gebäude und die Lage wären perfekt für das Vorhaben."

Der Graf blieb abrupt stehen und Jeremy lief in ihn hinein, da er gerade zur Seite gesehen hatte. Instinktiv ließ er die Tasche fallen und hielt seinen Vordermann in den Armen. Für Jeremys Geschmack trug der Kerl zu viele Klamotten, obwohl die altertümliche Aufmachung Bartok einen ganz besonderen Charme verlieh. Genüsslich nutzte Jeremy die Situation und vergrub seine Nase in dem langen dunklen Haar, um seinen Duft aufzunehmen. Eine Note von Zimt und Sandelholz legte sich auf seine Sinne, vernebelte seinen Verstand.

Dann standen sie sich Auge in Auge gegenüber, ohne dass er Bartoks Drehung wahrgenommen hätte. Doch sein Blick verlor sich in den samtig braunen Tiefen und er weidete sich an des Grafen Irritation angesichts ihrer Nähe: Die Anziehung zwischen ihnen war unverkennbar. Dafür traf es Jeremy völlig unerwartet, als ihn sein Gastgeber mit dem Körper an die Steinquader drückte.

„Wie kommen Sie auf Vampire?", keuchte Bartok und fixierte ihn, dabei konnte Jeremy seine Erregung deutlich am Oberschenkel spüren.

Er dachte gar nicht daran, die Frage zu beantworten, sondern betrachtete die Lippen, die direkt vor seinen waren. In seiner Vorstellung streichelte er sie mit der Zunge und schlüpfte kurz dazwischen, um seinen Alex zu schmecken. Dann wurde der Wunsch beinahe übermächtig, diesen verführerischen Mund zu erobern, ihn wild in Besitz zu nehmen ... ihm zu zeigen, wer der Herr war. Bartoks Anflug von Dominanz provozierte Jeremy.

Mit sichtlicher Mühe riss sich der Graf schließlich von ihm los und holte ihn aus seinen Tagträumen. Er ging nun wieder vor ihm den Gang hinunter; also blieb Jeremy nichts anderes übrig, als ihm zu folgen. Diesmal drehte Bartok sich um, bevor er wieder vor einer Tür stoppte.

„Hier ist Ihr Zimmer, ich hoffe, es sagt Ihnen zu. Unten in der Halle erwartet Sie ein Frühstück. Wenn Sie sonst noch Wünsche haben, dann äußern Sie diese bitte jetzt ..."

„Ich komme schon klar", beeilte sich Jeremy zu sagen, bevor ihm angesichts dieses Angebots etwas

Unbedachtes entschlüpfte. Es brannte ihm unter den Nägeln, wann er den Mann wiedersehen würde.

„Ich bin heute durch Termine verhindert und werde erst zum Abend wieder im Haus sein. Bitte sehen Sie sich um und betrachten Sie meine Kunstgegenstände. Nur die Krypta sollten Sie meiden, denn das Gewölbe ist baufällig", erklärte Bartok, als hätte er seinen Gedanken erahnt.

Jeremy brummte, es drängte ihn in Alexanders Nähe und die Aussicht auf einen langweiligen Tag stimmte ihn nicht direkt fröhlich.

„Wie schade, auf Ihre Gesellschaft verzichten zu müssen, Alex, ich fühle mich sehr wohl mit Ihnen."

Offensichtlich lag dem Grafen etwas auf der Zunge, aber er musterte Jeremy stattdessen wortlos. Dann wandte er sich um, nachdem er ihm einen langen Blick zugeworfen hatte.

„Wir sehen uns nach Sonnenuntergang", murmelte Bartok im Gehen.

Dann würde ihm sein süßer Vampir nicht länger davonlaufen. Jeremy lächelte. Der Kerl war so sexy in seiner Verkleidung, die Leinwandhelden des Genres hätten sich eine Scheibe von ihm abschneiden können.

Alexander Bartok tigerte durch die Halle. Er richtete hier etwas am Tisch und rückte dort etwas zurecht, dann sauste seine Faust auf die Holzplatte, dass die Schalen und Teller hochsprangen.

„Er tut es schon wieder!" Das konnte doch nicht sein. Sein Gast ließ ihn erneut warten, obwohl Alexander sich den ganzen Tag fast schmerzhaft nach seiner Anwesenheit gesehnt hatte.

Er hasste es, die Rolle des Schwermütigen zu spielen, als wäre er einem Kitschroman entsprungen. Seinem Gespür nach war er der Erlösung nahe – seit der Museumsmitarbeiter sein Schloss betreten hatte. War dieser Besucher die herbeigewünschte Herausforderung?

Wie sehr er sich zu diesem Mann hingezogen fühlte, war nicht zu verleugnen. Alexander wollte neue Wege gehen, etwas Ungewöhnliches ausprobieren, damit er in seiner ewigen Langeweile wieder zu leben begann. Nun konnte er es nicht erwarten, Jeremy zu seinem Gefährten zu machen, und steigerte sich immer weiter in seinen Ärger.

„Wo zum Donnerwetter sind Sie gewesen?", fuhr er ihn an, nachdem der unverschämte Amerikaner endlich durch die Tür getreten war. Alexanders Augen blitzten, er spürte, wie sie regelrecht Funken sprühten.

Den ganzen Tag war Jeremy durch das Schloss mit seinen spitzen Türmen, den Erkern und Nischen gezogen. Immer auf der Suche nach irgendwelchen Menschen, denn er konnte sich nicht vorstellen, dass der Graf allein lebte. Wer bereitete ihm die Mahlzeiten? In der Küche war alles aufgeräumt, trotzdem sah sie bewohnt und entsprechend benutzt aus. Jeremy roch noch den Duft des Essens. Dann irrte er weiter durch die Gänge, doch alles, was er fand, waren Schätze, die das Herz eines Museumsakquisiteurs höherschlagen ließen.

Besonders faszinierten ihn die Kunstwerke, die wohl die Ahnengalerie der Familie Bartok darstellten. Es dauerte ein wenig, bis Jeremy verstand, warum die Bilder mit Laken abgehängt waren. Der Schutz vor Verschmutzung war nicht der einzige Grund für die Verhüllung.

Zunächst schaute er sich die mäßig gut gemalten Ölgemälde an und erkannte schnell, dass sie keinen besonderen Wert darstellten. Aber dann fiel ihm etwas auf. Schnell befreite er sämtliche Portraits von den Abdeckungen und hätte fast aufgeschrien: Alle Gesichter waren unverkennbar aus Alex' Familie, sie trugen dieselben fast unerträglich ebenmäßigen Züge, aber ihre Augen funkelten gierig und sie bleckten Fänge, die bis über die Unterlippe reichten.

„Was für ein netter Scherz, Graf Dracula!", rief Jeremy und lachte. Sein Gastgeber erlaubte sich einen Spaß mit ihm, immerhin hatte er ihn ermutigt, sich seine Schätze anzusehen.

Auf diesen Gedanken hin nahm Jeremy die Maltechnik, die Rahmen und Leinwände fachmännisch unter die Lupe. Sie waren authentisch und stammten aus verschiedenen Epochen, nur die Vampirfänge waren zeitgleich entstanden. Doch auch diese Verzierungen waren bereits vor ein paar hundert Jahren nachträglich hinzugefügt worden und stammten von einer Hand.

Alexander Bartoks Bildnis war aus derselben Zeit. Maliziös lächelte der schöne Graf auf ihn herunter und brachte seinen Herzschlag zum Stolpern. Dieses Gemälde hätte nicht existieren dürfen, nicht von der

Person, der er begegnet war. Es war das Letzte der Reihe.

Fassungslos taumelte Jeremy nach hinten, bis ihn die Steinwand stoppte. Dort sackte er zusammen und ließ die Kunstwerke auf sich wirken, während eine Erkenntnis in seinen Verstand sickerte: War Alexander ein echter Vampir? Konnte das möglich sein? Hatte er seinen Vorfahren diese Zähne verpasst, wie man einen Schnurrbart auf Bilder malte? Oder hatte er mit seinem Schicksal gehadert und die Familienmitglieder an seine Besonderheit angepasst? Um nicht mehr ... allein zu sein?

Wie auch immer, Jeremy war ein moderner Mann, durch Bücher und Kinofilme bestens informiert über den Mythos der Blutsauger aus den Karpaten. Als Junge hatte ihn Klaus Kinskis „Nosferatu" wesentlich mehr fasziniert, als es Dracula vermochte, aber jetzt weigerte sich sein Verstand, die Existenz solcher Kreaturen auch im wahren Leben anzuerkennen. Minutiös ging er ihre Unterhaltung durch und bekam eine immer dickere Gänsehaut. Jede von Alexanders Bemerkungen deutete darauf hin, dass Jeremy mit seiner Vermutung richtig lag.

Wie von der Tarantel gestochen sprang er auf, um den Eingang zur Krypta zu suchen, denn das angeblich baufällige Gewölbe würde ganz sicher die Antwort auf diese Frage beinhalten. Tagsüber verschliefen Vampire das Sonnenlicht.

Eine ausgetretene Treppe führte in die Tiefe; nach den Spuren im Staub wurde der Weg oft genutzt. Vorsichtig schlich Jeremy mit einem Kerzenleuchter bewaffnet hinunter, denn in der Dunkelheit konnte ihn Gott weiß was erwarten, aber er landete nur in einem muffigen Weinkeller. Riesige Fässer mit wahrscheinlich uraltem Wein lagerten dort, und für einen Moment vergaß Jeremy fast, wonach er suchte. Er liebte einen guten Tropfen, doch dafür war nicht die Zeit.

Die Fußabdrücke auf dem Steinboden führten ihn weiter, obwohl sie in dem Licht der Flammen kaum erkennbar waren, und urplötzlich stand er vor einer Reihe von Sarkophagen, vier an der Zahl. Es dauerte ein wenig, bis Jeremy sich traute, einen der schweren Deckel zur Seite zu schieben. Eine wohl ehemals schöne Frau lag in dem steinernen Sarg, und sie sah verdammt tot aus. Ihr Körper war durch die besonderen Klimaverhältnisse mumifiziert. Jeremy wollte gerade die Platte an ihren Platz zurückschieben und die vermeintliche Familiengruft schnell wieder verlassen – da hörte er aus den Tiefen des Gewölbes ein Geräusch. Eiskalte Schauer rieselten über seinen Rücken.

„Da der Sarkophag dort drüben der Größte ist, werde ich ihn ganz sicher nicht öffnen", murmelte Jeremy, denn er würde es nicht verkraften, Alex in einem totähnlichen Zustand zu sehen. Das Kratzen war von dort gekommen, wahrscheinlich hatte sein Graf Schlafstörungen.

Erleichtert erinnerte sich Jeremy an den Weinkeller und holte sich einen ordentlichen Humpen, mit dem er sich auf den Steinsarg seines Vampirfürsten setzte. Er war kein fröhlicher Zecher, als er sich langsam volllaufen ließ, doch mit jedem Schluck begriff Jeremy mehr, dass er sich nicht in einem Film, sondern in der Wirklichkeit befand.

Es kostete ihn Stunden, seine Gedanken zu sortieren, aber letztendlich waren da noch immer die Gefühle für Alexander, die Jeremy sich jetzt besser erklären konnte: Sie waren füreinander bestimmt, vom Schicksal aneinandergekettet. Jeremy hatte schon viele Männer dominiert und immer nach jemandem gesucht, der ihm ebenbürtig war. Er versuchte, der Tristesse des Alltäglichen zu entfliehen, suchte den Kitzel des Außergewöhnlichen.

Wenn er den Grafen sah, fühlte er sich wie elektrisiert, unfähig sich gegen die Leidenschaft und die Wärme in seinem Herzen zu wehren. Alexanders Blicke waren da auch nicht ohne Wirkung geblieben. Aus ihnen sprach die dringende Bitte, sich seiner anzunehmen und sein Herr zu sein.

Es ehrte Jeremy, über einen unsterblichen Vampir zu gebieten. Dabei würde er ihm seine Persönlichkeit lassen, denn die größte Herausforderung war, Alex' überlegene Natur zu bezwingen. Das Biest in ihm konnte jederzeit ausbrechen, aber auch dieses würde Jeremy schnurrend aus der Hand fressen – wenn er es wollte. Ja, das gefiel ihm.

„Dann bin ich wohl dazu verdammt, sein Gefährte zu sein", hatte er voller Vorfreude bemerkt. Müde und trunken hatte er sich dann zu seinem Zimmer geschleppt und war dort eingeschlafen, während er den Sonnenuntergang herbeisehnte ...

„Ich habe auf dich gewartet." Jeremys Stimme war nur ein raues Flüstern, doch er kam langsam und unaufhaltsam auf Alexander zu, bis er vor ihm zurückwich und vom Tisch gebremst wurde. Unter Jeremys

Blick schmolz sein Zorn dahin. Wieder flirrte die Luft zwischen ihnen. Er hatte die Stärke seines Besuchers bereits bei seiner Ankunft gefühlt und wurde magisch von ihr angezogen.

Dabei ging es um seelische Kraft, nicht um die der Muskeln. Jeremy war ein nahezu gleichwertiger Gegner – und Alexander ertappte sich bei dem Wunsch, in ihrem kleinen Machtgerangel der Unterlegene zu sein, sich ganz hinzugeben. Schon zu lange hatte er dominant sein müssen, er lechzte danach, endlich die Verantwortung abzugeben und sich in Geborgenheit fallenzulassen.

Waren sie sich bereits begegnet? Schweigend tauschten sie so viele Worte, sie verstanden sich auf einer viel tieferen Ebene. Irgendetwas passierte mit seinem untoten Herzen, es fühlte sich plötzlich an, als wäre es aus einem langen Schlaf erwacht. Das war beinahe unheimlich …

Ihre Körper berührten sich, und Jeremy hob ihn auf die Tischplatte, sodass er sich nach hinten abstützen musste. Diese Zielstrebigkeit überrumpelte Alexander und doch bewegte sich ein köstliches Ziehen durch seine Lenden. Er wurde von einem Beben geschüttelt, als er seine Schenkel noch ein wenig weiter spreizte, damit er Jeremys Härte spüren konnte.

Der verführerische Mann lehnte sich vor und knabberte zärtlich an seinem Mund, während er den Unterleib an ihm rieb. Dann griff Jeremy an ihm vorbei, holte sich ein paar Weintrauben und fuhr mit einer Frucht über seine Lippen.

„Nein, das ist keine Nahrung für mich", stöhnte Alexander, „sie füttert die Lebenden, aber ich gehöre zu den Verdammten." Er empfand tiefe Trauer bei diesen Worten, aber plötzlich hatte Jeremy ein Messer in der Hand, mit dem er in seinen eigenen Daumen ritzte.

„Ist es das, wonach es dich verlangt?" Ehe sich Alexander versah, schmeckte er sein Blut und leckte sich über die Lippen. Jeremys Aroma war süß, berauschend, ganz wie es sein Duft verheißen hatte.

„Ich bin gefährlich. Es wäre nicht das erste Mal, dass ein Mensch in meinen Armen stirbt, dessen Leben ich bewahren wollte", warnte Alexander, begleitet von einem leisen Knurren. Sein Hunger wurde überwältigend, er gierte nach mehr.

Woher wusste sein Gast von seiner Natur? Und warum war er nicht entsetzt, wie es für einen Sterblichen normal gewesen wäre?

Jeremy lachte und schüttelte den Kopf. „Du bist einsam, du willst einen starken Partner an deiner Seite. Das kann ich spüren und in deinen Augen lesen. Ich bin das, was du wirklich willst!"

Alexander senkte den Kopf und schloss die Lider, es war zu schön, um wahr zu sein. Ein metallisches Flüstern kitzelte seinen Gaumen. Blut! Jeremys Blut, es pulsierte durch seine Venen, geschaffen, um ihn in Versuchung zu führen. Auf dieses exquisite Prickeln seiner Zunge würde er niemals wieder verzichten wollen. In seinem Herzen stieg Qual auf, von Erinnerungen genährt.

„Im Blutrausch bin ich nicht zu bremsen, ich bin ein Tier ..." Doch er beobachtete interessiert, was sein neuer Gefährte tat – denn das war Jeremy, auch wenn es Alexanders Verhängnis bedeuten sollte. Sie kannten sich kaum, waren viel zu schnell in ihrer Leidenschaft, doch sie drängte mit brachialer Gewalt aus ihnen hervor.

Jeremy schob das Geschirr und die Speisen zur Seite, bis er die halbe Tafel freigeräumt hatte, dann legte er sich kurzerhand auf den Tisch.

Seine Haltung wirkte entspannt, als er leise sagte: „Ich gebe dir, was du brauchst. Mit meinem Körper ernähre ich deinen Leib, aber noch viel wichtiger ist dein Herz. Beides gehört mir. Ich gebiete über dich, also habe keine Scheu, dich an mir zu bedienen, wenn ich dir die Erlaubnis gebe. Nur vergiss bei allem Hunger deine Lust nicht, Vampirgraf."

So viel Sicherheit und Zuversicht konnte Alexander kaum fassen. War Jeremy wirklich ein Mensch? Dieser verrückte Kerl forderte ihn auf, seinen Blutdurst an ihm zu stillen, und machte sich zugleich über ihn lustig, wie er an dem amüsierten Unterton deutlich erkennen konnte. Jeremy liebte es anscheinend, mit der Gefahr zu spielen.

Ich gebiete über dich ... Alexanders Herz zuckte, als er sich sagen hörte: „Ja, Herr."

Ein unbeschreibliches Gefühl machte sich in seiner Brust breit. War es wirklich sein Wunsch, sich jemandem bedingungslos unterzuordnen? Die sanfte Dominanz erregte ihn mehr als alles, was er bisher erfahren hatte.

Alexander befreite Jeremy von den Schuhen und streichelte dann über seine Beine nach oben, unaufhaltsam der ausgeprägten Wölbung in der Jeans entgegen, die er soeben noch an seiner eigenen Erektion gespürt hatte. Jeremys Stöhnen brachte eine Saite in ihm zum Schwingen; endlich verschaffte ihm etwas wahre Befriedigung.

Er hatte schon immer von der Anziehung gewusst, die Männern auf ihn ausübten, doch bisher hatte Alexander sich nicht gestattet, dieser Neigung nachzugeben. Sein Schöpfer hatte ihn damals verführt und sogleich die Erfüllung seiner Sehnsucht mit einer Bestrafung verbunden. Dafür, dass er seine Lust gestillt hatte, war Alexander zu einer Kreatur der Nacht geworden. Der Meister hatte ihn in der Dunkelheit alleingelassen und war nicht zurückgekehrt.

Diesen hohen Preis hatte er vor Hunderten von Jahren bezahlt und es niemals wieder gewagt. Aber jetzt war alles anders, Alexander fühlte sich bei Jeremy in guter Gesellschaft. Der Hauch von Überlegenheit, der von seinem Herrn ausging, bescherte ihm diese prickelnde Spannung, die über seinen Rücken rieselte. Er wusste, Jeremy ließ ihn gewähren, doch ein Befehl würde ihn stoppen … vielleicht. Begierig zog Alexander ihn ganz aus, er brauchte ihn nackt auf seinem Tisch, denn er wollte ihn erkunden und liebkosen.

„Und jetzt nimm dir, was du willst, Schlossherr!", rief Jeremy ihm zu und legte den Kopf in den Nacken.

Alexander wusste, was sein Gebieter nun von ihm erwartete, doch er war nicht so unkultiviert, die Zähne direkt in seinem Hals zu versenken, obwohl der Duft der Haut und des Blutes verlockend war.

„Verzeiht, wenn das Verlangen den Durst überwiegt, Herr", flüsterte er und sah das Lächeln auf Jeremys Gesicht. Aufmerksam betrachtete Alexander den schönen Mann und begann dann, auf dem wohl trainierten Körper zu spielen wie auf einem Instrument. Er musste seinen neuen Meister kennenlernen, herausfinden, wie er seine Leidenschaft entfachen konnte. Vielleicht war es ihm vergönnt, die verlorene Zeit aufzuholen und die Einsamkeit zu vergessen.

Bei den Lippen begann er, Jeremy zu verwöhnen, sein Kuss war sanft und tief. Dann wanderte sein Mund weiter über die Halsvene. Er neckte ihn mit zarten Bissen, ohne die Haut zu ritzen, ließ seine Zunge vom Adamsapfel aus den Linien seiner Kehle und des Schlüsselbeins folgen.

„Alex", keuchte Jeremy. Gekonnt entlockte er seinem Gebieter die Geräusche, die er hören wollte; es begann mit einem leisen Seufzen und steigerte sich bis hin zum hemmungslosen Stöhnen. Alexander nahm die Brustwarzen zwischen die Zähne und leckte dann genüsslich den muskulösen Bauch, der sich unter seinen Berührungen anspannte.

Als er die Eichel mit den Lippen liebkoste, hob sich Jeremy ihm entgegen. „Tu es endlich!", schrie er heraus. Das war ein Befehl und Alex wagte es nicht länger, dem nicht nachzukommen.

Mit meinem Körper ernähre ich deinen Leib ... In Alexanders Herzen entstand ein süßer Schmerz; er gesellte sich zu dem Hunger, der in seinen Eingeweiden wühlte. Nachdem er von Jeremy die letzte Order erhalten hatte, verwandelte er sich in das Raubtier, das er war. Er fühlte die Veränderung, die in ihm vorging. Mit gelbgesprenkelten Augen schaute er zu seinem Gefährten hoch, die Zungenspitze fuhr zwischen den Fangzähnen hindurch, während ein tiefes Grollen seine Brust verließ. Und doch durchzuckte ihn ein unbekanntes Gefühl, das seine Wildheit ein wenig bremste.

„Hab keine Angst, ich werde vorsichtig sein", brachte Alexander mühsam hervor, nachdem er meinte, Zweifel in Jeremys Blick wahrgenommen zu haben, als dieser dem Wechsel seiner Gestalt beiwohnte.

Sein Herr schluckte, aber dann sagte Jeremy mit leicht rauer Stimme: „Nur zu."

Alexander küsste seine Lende und ertastete mit dem Mund den dort heftig schlagenden Puls. Seine Vampirsinne wurden regelrecht überflutet von den Eindrücken: Jeremys Haut, das Aroma des Geschlechts und das Vibrieren unter seiner Zunge. Seine Instinkte erwachten und wollten ihn schlicht überwältigen, es dröhnte in seinen Ohren. Aber Alexander war unter Jeremys Bann. Der Vampir in ihm wehrte sich gegen den Blutrausch, kämpfte den Drang nieder, über sein Opfer herzufallen.

Jeremy sah ihm fasziniert zu. Schwer atmend schaute Alexander zu ihm hoch, bevor er eine feuchte Linie an der Lebensader entlangzog, bis er oberhalb des Beckenknochens ankam. Dort drückte er die nadelfeinen Spitzen in die Hüfte seines Geliebten und durchbrach die Haut, um dann die Lippen über die Bissstelle zu legen, damit ihm kein Tropfen entkam.

Das Aroma war einzigartig. Nie hatte er etwas Köstlicheres geschmeckt.

„Ich bin Leben", flüsterte Jeremy. Er zitterte und bebte, denn Alexanders Hände verwöhnten ihn von beiden Seiten zugleich. Die schlanken Finger spielten mit seinen Hoden, rieben an seinem Schaft, während auch sein Eingang liebkost und dann behutsam penetriert wurde. Diese Massage brachte ihn fast um den Verstand. Falls Alex sich zum ersten Mal um die Bedürfnisse eines Mannes kümmerte, tat er es mit einem natürlichen Gespür.

Jeremy keuchte vor Lust, er dachte, sein Herz würde platzen. Die Reibung an seinem Schwanz wurde heftiger und sein Anus bekam eine entspannende Behandlung, besonders aber stimulierte es ihn zu spüren, wie sein Blut ausgesaugt wurde. Sein Graf hatte sinnlich die Lippen um den Biss an seiner Lende geschlossen und machte leise suckelnde Geräusche. Er trank in tiefen Zügen von ihm; Jeremy konnte spüren, wie sein warmer Saft durch die Kanäle in den Fangzähnen gesogen wurde. Die Wahl der Schlagader am Oberschenkel als Quelle hatte ihn überrascht, dafür überliefen ihn erregende Schauer.

Leise, doch dann immer lauter, spürte Jeremy das Klopfen seines Pulses im ganzen Körper. Er bebte in diesem Rhythmus, ritt auf einer Welle der Leidenschaft, aber er wusste, dass er nicht den Zeitpunkt verpassen durfte, um Alex Einhalt zu gebieten …

Er suchte nicht den Tod, im Gegenteil: Es war das Leben jenseits aller Normen. Jeremy wusste jetzt sehr genau, was und wen er mit seinem Blut labte. Graf Alexander Bartok hatte ihn bereits vor seiner Anreise fasziniert. Er hatte akribische Detektivarbeit geleistet, bevor er den Entschluss fasste, diesen Mann *haben* zu wollen. Unbedingt! Mit jeder Faser seines Seins. Nur sein kleines Geheimnis hatte der der mysteriöse Graf bis gerade bewahrt.

„Genug!" Jeremy vergrub seine Finger in Alex' Haar und legte eine Hand unter sein Kinn.

Der Vampir hatte selbstvergessen an ihm getrunken und ihn dabei dem Höhepunkt nahegebracht, aber jetzt fühlte Jeremy langsam seine Kräfte schwinden. Es brauchte einen weiteren Befehl, um Alex in seine Schranken zu weisen, denn offensichtlich trieb ihn die Gier dazu, seine Nahrungsquelle nicht aufgeben zu wollen. Als er Jeremy in die Augen sah, änderte sich der wilde Ausdruck und wich Ergebenheit. Alex schien ihn als seinen Meister anzuerkennen und seinen inneren Frieden gefunden zu haben.

Es zuckte in Jeremys Lenden, als er ihn hochzog und sich seine Lippen dem verführerischen Mund näherten. „Verwandle dich noch nicht zurück", flüsterte er, doch es war keine Bitte, es war eine Forderung und Alex kam dieser nach, ohne aufzubegehren. Sein Vampirgraf lächelte und die Fänge gaben ihm ein mysteriöses Aussehen; in seinem Blick tanzten die goldenen Funken.

Jeremy leckte über Alexanders Lippen und fuhr dann vorsichtig über die Zahnspitzen, an denen noch rote Tröpfchen hingen. Er genoss den metallischen Geschmack seines eigenen Blutes, obwohl es ungewohnt war. Es war morbid und exotisch, darum erregte ihn dieser verbotene Kitzel umso mehr.

Alex kam ihm mit einem Kuss entgegen; dabei ging er behutsam vor, damit Jeremy sich nicht an den Fängen verletzte. Diese Zärtlichkeit berührte ihn tief, aber trotzdem verspürte Jeremy den Wunsch, seinem Grafen zu zeigen, wer das Sagen im Schloss hatte. Es wurde Zeit, seinem schnuckeligen Vampir beizubringen, was es hieß, gekonnt gepfählt zu werden ...

„Zieh dich aus! Mach es schön langsam, sonst muss ich dich bestrafen", sagte Jeremy und drückte ihn von sich. Alex erschauderte beim Klang seiner Stimme. Nachdem er sich die ganze Zeit in eiserner Selbstkontrolle geübt hatte, um nicht dem Blutrausch zu verfallen, entspannte er sich nach und nach, denn er gehorchte jetzt nur noch, ohne Jeremys Befehle zu hinterfragen. Voller Vertrauen.

Seine Vampirsinne waren geschärft und konzentrierten sich auf den Mann, der ihn fasziniert betrachtete. Er hörte Jeremy schneller atmen, als er seine schwarze Brokatweste öffnete, Knopf für Knopf. Dann folgte das Hemd mit den Spitzenaufschlägen. Alex ließ sich Zeit, die Verschnürungen und Knebel zu entfernen, um immer mehr seiner nackten Haut zu zeigen, ohne gleich alles zu enthüllen.

Jeremys Gesicht wirkte angespannt, seine Erregung war ihm deutlich anzusehen. Anscheinend gefiel ihm der makellose Körper, obwohl er nicht die sanfte Bräune vorweisen konnte wie sein eigener. Als der Stoff herabrutschte, stand Alexander mit hoch erhobenem Haupt da wie eine Statue; er wusste um seine Wirkung. Schon sehr lange betörte er die Sterblichen mit seiner Schönheit – doch er hatte es noch nie so bewusst genossen, denn Jeremy verschlang ihn regelrecht mit den Augen.

Sein kehliger Laut fuhr Alexander direkt in den Unterleib und er warnte erneut: „Ich weiß nicht, ob ich mich noch in der Gewalt haben werde, wenn mich die Lust überkommt. Es wäre besser, ich verwandelte mich wieder zurück …"

Aber Jeremy schüttelte den Kopf. „Nein, ich liebe die Bestie in dir, und ich werde sie mit Wonne in die Knie zwingen." Er zwinkerte ihm zu und legte eine Hand über seine eigene Erektion, die schamlos in den Raum ragte, um sie ein wenig zu reiben. „Weiter!"

Leise knurrend griff sich Alexander in den Schritt und umfasste seine Härte, die sich sicher durch den Stoff der Hose deutlich abzeichnete. Er stöhnte, während eine mächtige Gier in ihm aufstieg; sein Verlangen schrie nach Erlösung und der Hunger war noch lange nicht gestillt. Er spürte, wie seine Züge von einem wilden Ausdruck erfasst wurden, während sich ein Grollen aus der Kehle löste.

Mit fahrigen Bewegungen streifte er sein Beinkleid ab und wäre vielleicht doch noch über Jeremy hergefallen, wenn sich nicht plötzlich seine Wut auf etwas gerichtet hätte: Eine alte Frau hatte den großen Saal betreten, ohne sich bemerkbar zu machen. Es war seine Haushälterin, die anscheinend in ihrer Neugier jeden Anstand vergessen hatte.

„Hinaus!", rief Alexander erzürnt. „Wenn wir auch selten Besuch haben, so sollten Sie sich doch ein wenig Benimm bewahrt haben!"

Leise grollend stützte er sich auf den Tisch, wieder ganz der herrschaftliche Graf mit stolzem Blick, und schaute seiner Bediensteten hinterher, als er unvermutet von Jeremy mit dem Bauch auf die Holzplatte gedrückt wurde. Einem Impuls folgend, wollte er sich wehren, aber ein gebieterisches „Halt still!" ließ seine Bewegungen gefrieren. Alexander keuchte und bebte am ganzen Körper. Erwartungsvoll verharrte er in dieser Position, als Jeremy seine Beine spreizte, knurrte er jedoch.

„Böser unbeherrschter Vampir. Geht man so mit den Damen um? Ts, ts, ts."

Alexander hörte Jeremy an seinem Ohr lachen, weil er sich von hinten an ihn schmiegte. Der stattliche Schwanz schob sich zwischen seine Backen, wo er um Einlass zu bitten schien. „Für dieses unverzeihliche Benehmen werde ich dich pfählen müssen und dir meinen Pflock mitten in den Hintern rammen."

Zitternd presste sich Alex gegen die Härte, doch Jeremy wich ihm aus.

„Ich habe es verdient", brachte er mit mühsam unterdrückter Begierde heraus, weil er es kaum erwarten konnte, in Besitz genommen zu werden.

Dabei zeigte seine Haltung Unbeugsamkeit; Alexander war noch immer in Versuchung, selbst die Dominanz an sich zu reißen. Der kleine Zwischenfall hatte seinen Zorn entfacht. Er strebte gerade als Vampir danach, seine mentalen Widerstandskräfte mit Jeremy zu messen. Wenn sein Meister es schaffte, ihn in diesem Zustand zu beherrschen, war er ganz der Seine.

„Erst, wenn ich es will ...", flüsterte Jeremy und stützte sich auf seinem Rücken ab, sodass Alex fest auf der Tischplatte lag. Sein neuer Herr erkundete seinen Körper mit der freien Hand, fuhr mit den Fingern in die Spalte, wo er die empfindliche Haut des Eingangs neckte. „Bleib genau so!"

Alexander lag dort, als wäre er festgenagelt, seine Krallen drückten sich in das Holz. Jeremy ging hinter ihm in die Hocke und streichelte genüsslich über die Hinterbacken, dann drückte er seine Schenkel auseinander, um nach vorn zu greifen und sein Geschlecht zu erkunden. Das forschende Tasten schickte Reizwellen durch Alexanders Nervenbahnen, die ihn der Ekstase nahebrachten. Nur schwer konnte er sein Temperament zügeln. Doch dann tat Jeremy etwas, was seinem untoten Herzen einen Stich versetzte: Er bedeckte jeden Winkel, den er erreichen konnte, mit Küssen, berührte ihn so voller Gefühl, dass Alexanders Raubtieraugen plötzlich feucht wurden.

Er war selbst erstaunt, hatte er doch gedacht, eine emotionslose Kreatur zu sein, wenn er in seiner Blutsauger-Gestalt weilte. Es keimte eine Regung in ihm auf, nach der er sich lange gesehnt hatte. „Jeremy", stöhnte er auf.

Und er verstand ... Die Verzweiflung, mit der Jeremys Graf seinen Namen aussprach, gab ihm Genugtuung. Trotzdem war der Widerstand in dem Geschöpf der Nacht, das vor gezügelter Kraft unter seinen Lippen vibrierte, ungebrochen. Das erfüllte ihn mit Stolz und Wärme. Alexander war wie ein edler Hengst, den er zwar reiten wollte, aber niemals Ergebenheit in seinen Augen sehen, sondern einen unbeugsamen Willen. Umso mehr bedeutete es ihm, diesen wundervollen Mann zumindest temporär zu beherrschen und ihn jetzt als sein Eigen zu kennzeichnen.

Jeremys Küsse näherten sich immer mehr der herb duftenden Spalte, deren Verheißung ihn lockte, und er leckte um den bebenden Eingang. Als er mit seiner Zungenspitze den Muskel dehnte, glaubte er schon, dass Bartok den Gipfel fast erreicht hätte. Der geschwollene Schwanz zuckte in seiner Hand, darum ließ er von seinem Gefährten ab.

„Du wirst erst kommen, wenn ich meinen Pfahl tief in dich getrieben habe, Vampirfürst. Unterstehe dich, schon vorher deiner Lust nachzugeben!", befahl er rau, erhob sich und griff in Alex' Haar, um den Kopf zu heben. Auf seinem Gesicht konnte er den Wunsch nach Erlösung lesen, aber betteln würde der Graf nicht, da war Jeremy sicher. Die Fänge hatte er sich in die Unterlippe gebohrt, wahrscheinlich musste er stumm um Beherrschung ringen.

Schwer atmend schaute er ihn an, doch der stolze Bernsteinblick senkte sich erst, als Jeremy das rote Rinnsal wegleckte, das bis zu Alex' Kinn gelaufen war. Zu seinem Erstaunen ekelte es Jeremy nicht, sondern er genoss den Geschmack. Plötzlich durchpulste ihn eine unglaubliche Stärke, das Vampirblut berauschte ihn.

Ein Stöhnen löste sich aus Alex' Brust, gegen das er mit Sicherheit machtlos gewesen war. Anscheinend war Jeremy in der Lage, intensive Gefühle in seinem Gefährten zu wecken.

„Meister", flüsterte Bartok rau.

Jetzt war genau der richtige Zeitpunkt, seinen Herrschaftsanspruch geltend zu machen. Mit einem eingespeichelten Finger ebnete Jeremy seinem Schwanz den Weg und dehnte den Ringmuskel. Er fragte sich, ob Alex jemals zuvor von einem Mann genommen wurde. Zur Vorsicht nutzte er noch zwei weitere Finger, um die Barriere aufzuweiten. Doch da

Alexander sich ihm begierig entgegenpresste, schien er keine Angst davor zu haben, penetriert zu werden.

Jeremys Herz schlug einen Trommelwirbel nach dem Nächsten, denn es war ihm sehr deutlich, dass er den jetzt folgenden Moment nicht so schnell vergessen würde. „Du bist Mein und niemand sonst darf in dich eindringen", hauchte er, bevor er sich behutsam in Alex' Körper schob.

Am liebsten hätte Alexander seine Leidenschaft hinausgeschrien, als er auf solch lustvolle Weise „gepfählt" wurde. Jeremy tief in seinem Innersten zu fühlen war einfach überwältigend, doch dann zog er sich plötzlich zurück. Frustriert fauchte Alexander, wagte es jedoch nicht, den Kopf zu wenden.

„Dreh dich um, Blutsauger. Ich will dein Herz erreichen und dafür muss ich dir in die Augen sehen", keuchte es hinter ihm. Alexander erhob sich aus der Haltung, die langsam unbequem geworden war, weil seine Härte an die Holzplatte gepresst wurde. Er setzte sich auf die Tischkante und zog Jeremy an sich, wobei sich die krallenartigen Fingernägel in seine Pobacken drückten.

„Warte." Sein Gefährte hatte etwas in der Hand, das er in die Flamme der Kerze hielt, die neben ihnen brannte. In dem Gegenstand erkannte Alex das Siegel, mit dem er seine Dokumente kennzeichnete, und ahnte, was Jeremy vorhatte. Er lehnte sich zurück, um den Schmerz zu empfangen; es zuckte erwartungsvoll in seinen Lenden.

„In Ermangelung meines eigenen Zeichens werde ich dich nun mit deinem brandmarken. Nimm es als

Beweis, dass ich dich nicht vollends besitzen will, aber es wird unsere Verbundenheit symbolisieren, denn ich werde dasselbe Mal tragen." Jeremy sprach die Worte feierlich wie einen Schwur.

Als der Schmerz dann da war, zog sich Alexanders Unterleib lustvoll zusammen; Jeremy drückte ihm das glühende Metall direkt oberhalb der Gliedwurzel auf die Haut. Es zischte und qualmte, dann fühlte er ein kurzes intensives Stechen, aber die Brandwunde begann sofort wieder zu heilen. Zurück blieb eine sehr ansehnliche Narbe von seinem Namenswappen.

Sichtlich fasziniert hatte Jeremy den Vorgang beobachtet. Das kleine Ritual schien seine Lust besonders angestachelt zu haben. Nun rammte er ihm seine Männlichkeit ansatzlos in den Körper und hob dabei seine Beine an. Alexander stöhnte überrascht auf und warf seinen Kopf in den Nacken, sodass sich sein langes Haar wie ein Fächer ausbreitete. Seine Fänge ragten hoch in die Luft, während er jeden der Stöße mit einem Keuchen quittierte. Jeremy war vor Leidenschaft von Sinnen, er nahm ihn wie ein Berserker.

Das animalische Verlangen in ihm wurde wieder übermächtig, starker Blutdurst kam dazu und machte ihn fast unbeherrschbar. Als Jeremy sich über ihn beugte, um ihn zu küssen, hätte er ihm am liebsten seine Zähne in den Hals geschlagen.

„Nein!", schrie Alexander verzweifelt und bäumte sich unter seinem Gefährten auf. Nur der Höhepunkt konnte diese unstillbare Gier lindern, er war bereits zum Greifen nah. Jeremy hatte seinen Schwanz umfasst und rieb ihn im Rhythmus seiner Bewegungen.

„Komm ... und em...pfange ... deine ... Taufe ... Vampir", stöhnte Jeremy, bevor er sich warm in ihn ergoss und ihn mit in den Abgrund riss. In kräftigen Schüben spritzte auch Alexander sein Sperma auf Jeremys Bauch. Augenblicklich verwandelte er sich wieder in seine menschliche Gestalt.

Seine Augen waren wieder braun, als sie Jeremy entgegensahen. Als er ihn in seine Arme zog, streichelte er ihm das schweißnasse Haar aus dem Gesicht. Oh ja, er hatte sein Herz erreicht. Mit machtvollen Stößen war es erobert worden.

„Mit dem Biss des Vampirs kommt das Vergessen ..." Jeremy lag nackt auf dem altertümlichen Bett und dachte an Alex' Worte. Er hatte sich schon gewundert, warum er sich jedes Mal kaum entsinnen konnte, wie sein Gefährte von ihm getrunken hatte, aber jetzt streichelte er lächelnd über die beiden roten Punkte an seiner Hüfte. Die Bissmale verheilten sofort, wenn der Graf darüberleckte, und so nahm er ihm auch die Erinnerung. Jeremy bedauerte dies, denn es war bestimmt eine außergewöhnliche Erfahrung.

Sie waren jetzt seit beinahe einem Monat ein Paar und der tägliche Aderlass bekam ihm gesundheitlich sehr gut. Beim nächsten Mal sollte Alex ihm im Bewusstsein lassen, wie er seine Zähne in ihm versenkte. Dafür nahm er in Kauf, länger kleine Wunden zu haben.

Doch einen Wermutstropfen gab es bei der Verbindung mit einem Vampir. Sie lebten zwar in einer perfekten Symbiose, aber es widerstrebte Jeremys Verständnis von Dominanz, dass Alex unsterblich war und über magische Kräfte verfügte. Er als sein Herr war nur ein einfacher Mensch. „Ich bin Dein für die Ewigkeit", hatte Alex ihm geschworen – doch was für eine jämmerliche Lebensspanne hatte Jeremy im Vergleich zu bieten?

Seufzend strich er über das Mal des Brandsiegels, das Alex ihm aufgedrückt hatte. Die Verletzung war bereits Wochen alt, aber die Narbe noch empfindlich. Ausgerechnet die dünne Haut an seiner Lende hatte herhalten müssen. Seine Verletzlichkeit tat ihm mehr weh, als der eigentliche Schmerz.

Jeremy schaute sehnsüchtig zum Fenster, wo sich die Sonne langsam Richtung Horizont senkte. Jetzt würde es nicht mehr lange dauern, bis die Nacht einbrach – endlich! Er hatte einen Entschluss gefasst und verabschiedete sich schweren Herzens vom Tageslicht, das er wohl zum letzten Mal sah ...

Ewig leben, ewig jung, ewig zusammen. In Jeremys Kopf gab es bereits einen wunderbaren Plan, wie sie als moderne Vampire leben würden.

Graf Alexander Bartok lehnte sich in dem Sitz zurück und schielte vorsichtig aus dem Fenster. Noch tat sich nichts, die Maschine stand unbewegt auf dem Rollfeld. Auch, wenn er es nicht gern zugab, hatte er doch Angst vor dem Fliegen, wenngleich er es selbst ein wenig beherrschte. Seine Fähigkeiten umfassten allerdings nicht die Überwindung solch großer Distanzen, denn sie würden sich gleich auf einem Nachtflug in die Neue Welt befinden. Ja, diese Welt würde ihm sehr neu sein.

Lächelnd griff Jeremy nach seiner Hand und drückte sie. Alexander spürte ein warmes Gefühl in seiner Brustgegend, in der endlich keine Leere mehr herrschte. Natürlich war das eine Illusion, aber sein totes Herz schlug noch immer. Er hatte Schwermut und Langeweile ebenso hinter sich gelassen, wie den Staub der Jahrhunderte.

In Jeans und T-Shirt fühlte er sich inzwischen sehr wohl – und nicht nur Jeremy verschlang ihn regelrecht mit Blicken. Nur sein langes Haar hatte Alexander behalten und es im Nacken zusammengebunden, obwohl sich immer ein paar Strähnen aus dem Lederband stahlen. Als sein Geliebter sich zu ihm herüberbeugte und ihn küsste, musste er unwillkürlich daran denken, wie er ihn zu einem der Seinen gemacht hatte …

In dieser Nacht hatte Jeremy ihn mit besonders viel Gefühl geliebt, jedoch ohne ihn an seine Quelle zu lassen. Mit strengen Befehlen verwehrte er ihm den Zugang zu seinem Lebenssaft. Alexander kam vor Verzweiflung fast um, denn das hungrige Biest in ihm wurde höchst gefährlich, er konnte es kaum noch zähmen. Trotzdem machte Jeremy das Spiel anscheinend Spaß.

Erst, als Alexander vor Wildheit in seinen Armen keuchte, führte sein Gefährte sich die Fänge an den Hals. Der Trieb wurde übermächtig, während Alexanders Zungenspitze den Puls ertastete. Die ganze Zeit über zuckte seine Männlichkeit in Jeremys Händen und kurz, bevor er den Gipfel erreichte, stöhnte sein Gebieter in sein Ohr: „Nimm mich, Schlossherr, mach mich zu deinem Partner für die Ewigkeit."

Alexander wusste, was Jeremy meinte, und die Emotionen überschwemmten ihn förmlich. Alle Hemmungen fielen von ihm ab, er versenkte seine Zähne vorsichtig in der Schlagader, darauf bedacht, seinem Herrn keine Schmerzen zu bereiten. Angesicht seines Vertrauens spürte Alexander ein Gefühl aufwallen, das nur Liebe sein konnte. Noch nie in den Jahrhunderten hatte ihn dies berührt. Sie würden einander ebenbürtig sein, beide von derselben Art.

Eine rote Träne lief über seine Wange, denn es war kaum noch Leben in Jeremy, als er ihm sein Blut zu trinken gab. In Alexanders Armen starb er, aber nur, um sogleich als Geschöpf der Nacht wiederzuerwachen. Er hatte den jungen Vampir mit einem Kuss begrüßt.

Jeremys Stimme war nur ein Hauch, aber Alexander kehrte sofort aus seinen Gedanken zurück: „Ich liebe dich."

Vor Freude glühte sein Inneres, denn sein Herr war eher sparsam mit solchen Bekenntnissen. Und doch wusste Alexander, dass er sich immer in dieser Geborgenheit sonnen konnte. Er schöpfte aus ihrer Verbindung mehr Wärme, als er es jemals auf anderem Wege erfahren hatte.

Jeremys Worte konnte er nicht zurückgeben, denn sie waren in seinem Herzen verschlossen, doch seine brennenden Augen sagten seinem Gefährten noch viel mehr.

„Erzähle mir von deinem Plan", sagte Alexander lächelnd und schaute Jeremy auffordernd an, denn das Flugzeug hatte die Motoren angeworfen und fuhr nun langsam über das Rollfeld, um in Startposition zu gehen. Er brauchte dringend Ablenkung, und einer der Vorträge seines Lebenspartners war bestens geeignet, ihn seine Angst vergessen zu lassen.

„Nun, ich hatte dir ja schon erklärt, wie wir mit unserem Aussehen viel Geld verdienen könnten, wenn ich uns dem abgedrehten Modefotografen aus London auf den Hals hetze, der auf unsere morbide Schönheit sicher abfahren wird. In der Modelbranche kommt es auf ein paar weitere Blutsauger nicht an, weißt du …", hörte er Jeremy leise dozieren, während sich Alexanders Fingernägel in die Sitzlehnen krallten.

„Sicher hat er viele Verrückte in seinem Gefolge, die für einen Snack gut sind", fügte sein Geliebter hinzu. „Es ist sowieso völlig überholt, die Nahrung zu töten, wenn wir auch so von ihr leben können, findest du nicht?"

Alexander nickte angestrengt. Der Flieger schwang sich in den Nachthimmel, um sie ihrer neuen Heimat entgegenzutragen. Laut Jeremys Aussagen war Amerika genau der richtige Kontinent für sie. Er hatte ihm von Orgien, bei denen Blut floss, erzählt. Lustvoll konnten sie sich an ihren Gespielen bedienen, ohne sie gleich komplett auszusaugen. Es gab in diesem Land genug Freaks, die es sogar „cool" fanden, die Nahrungsquelle von Vampiren zu sein. Jeremy hatte aus eigener Erfahrung berichtet, wie erfrischend so ein regelmäßiger Aderlass war. Ihr Lebensstil würde dort nur als exzentrisch gelten.

„Dazu habe ich noch immer die Idee vom Vampirmuseum in deinem Schoss im Hinterkopf. Man könnte auch eine Nobelabsteige daraus machen, dafür finden wir sicher Geldgeber."

Wenn sein schnuckeliger Bezwinger das sagte, klang es so plausibel. Alexander fragte sich, warum er so lange in Agonie dort verweilt hatte. Er wusste einfach zu wenig von der Neuzeit, um die Chancen zu erkennen.

„Du kannst deine Augen jetzt wieder öffnen." Jeremys Stimme klang spöttisch, deshalb hätte Alexander sie lieber geschlossen gelassen. Doch so kam er wenigstens in den Genuss, seinen Gefährten anzusehen. Er war noch hübscher geworden, seit er ein Vampir war ... und endlich erhellte sich sein dunkles Dasein.

„Wir sind über den Wolken." Jeremy legte seine Hand auf Graf Alexander Bartoks Bein und zwinkerte ihm zu. „Willkommen in der Neuzeit, Euer Gnaden. Und im Land der unbegrenzten Möglichkeiten ... schon bald."

Flashback

Dinge im Rückspiegel konnten einem näher vorkommen, als sie wirklich waren. Neal musste an den Song von Meatloaf denken und sang die wunderschöne Ballade vor sich hin. Er hatte gerade den Eindruck, die Vergangenheit raste auf der Überholspur von hinten auf ihn zu, als er den Schlüssel in das Schloss steckte. Bevor die Tür seines verwaisten Elternhauses aufschwang und ihm ein muffiger Geruch entgegenschlug, atmete er tief durch.

„Verwaist." Sein Lachen war bitter. Neal war verwaist und das war auch gut so. Zumindest, wenn es seinen Vater betraf, der vor zwei Monaten das Zeitliche gesegnet hatte. Sein Leben hatte lang genug gedauert, um eine Menge Unheil über die Familie zu bringen und seine Mutter in ihr frühes Grab zu treiben.

„Es ist vorbei, alter Mann. Du kannst mich nicht länger von hier fernhalten."

Als Neal an den Tag seiner Abreise dachte, standen ihm die Tränen in den Augen. Damals war er ein Bursche von etwa sieben Jahren gewesen. Der Vormund, den das Jugendamt gestellt hatte, war mit ihm in eine ungewisse Zukunft gefahren, und er war seitdem nie wieder an diesem Ort gewesen. Was hätte ihn auch zurückbringen sollen? Wahrscheinlich hätte er seinem alten Herrn den Hals umgedreht.

Sein Blick fiel auf das Haus nebenan. Ein Schluchzen bahnte sich den Weg aus seiner Brust, doch Neal schluckte es herunter. Er hatte schon zu viel geweint in seinem Leben – bis er beschlossen hatte, keine Heulsuse zu werden, sondern ein Mann.

Matthias, der Sohn ihrer Nachbarn, war der Einzige gewesen, der ihm vom Straßenrand hinterher gewunken hatte. Der Junge war damals ein paar Jahre jünger als er, eine Rotznase. Und doch konnte Neal sich noch gut daran erinnern, wie er kleiner und kleiner geworden war, bis er ihn nicht mehr hatte sehen können.

„Mattes, was mag aus dir geworden sein?", murmelte er, während er das Nebenhaus näher betrachtete. Im Gegensatz zu der seelenlosen Hütte, in die er jetzt gehen würde, sah es bewohnt aus. Die Fenster waren erleuchtet, der warme Lichtschein wirkte sehr einladend. Es wäre ihm lieber gewesen, die Schritte dorthin zu lenken, zumal es ihn magisch anzog. Das war ein Zuhause, wie er es nie gekannt hatte.

Der Nachbarsjunge hatte ihn damals auf eine bescheidene selbstlose Weise geliebt, die ihm einfach gutgetan hatte. Mit seinem ewig verschmierten Gesicht hatte Matthias brüderliche Gefühle in Neal geweckt – ein wahrer Lichtblick in seinem Leben, als er es noch mit seinem versoffenen Vater hatte teilen müssen.

„Wahrscheinlich hast du dieser elenden Stadt schon längst den Rücken gekehrt und lebst mit Frau und Kindern irgendwo, wo es schön ist."

Eine tiefe Traurigkeit überkam Neal, denn so ein Leben konnte er nicht führen, so sehr er es sich auch herbeisehnte. Er war schwul, doch einen Partner, mit dem er eine feste Beziehung führen konnte, hatte er noch nicht gefunden. Es war bisher nicht über sexuelle Begegnungen hinausgegangen, dabei war sein größter Wunsch, endlich Geborgenheit in den Armen eines Mannes zu finden.

Als Neal den Lichtschalter betätigte, tat sich gar nichts, der kleine Flur lag noch immer im Dunkel. „Verdammt!", fluchte er aus vollem Herzen. „Hat dieser Mistkerl die Rechnung nicht gezahlt, oder hat das E-Werk nichts Besseres zu tun, als sofort den Saft abzudrehen, wenn jemand stirbt?"

Er deponierte sein Gepäck nahe der Eingangstür und machte sich vorsichtig tastend auf die Suche nach einem anderen Schalter, der wahrscheinlich ebenso wenig funktionieren würde. Verdammt, verdammt, verdammt! Wieso musste er eine Reifenpanne haben und erst in der Dunkelheit hier ankommen?

Auch in der stinkenden Küche flammte keine Birne auf, dafür fand Neal einen halb abgebrannten Kerzenstummel mitten im Chaos auf dem Tisch. Sofort hatte er das Feuerzeug in der Hand, mit dem er schon die ganze Zeit in der Tasche gespielt hatte, und erfreute sich an dem sanften Schein, der den kleinen Raum erhellte. Das Licht offenbarte ein furchtbares Durcheinander aus dreckigem Geschirr, Pfannen, Töpfen und allerlei anderen Dingen, die er nicht sofort erkennen konnte. Igitt, hier tanzten die Kakerlaken Tango! Schon der ekelhafte Geruch veranlasste ihn dazu, die Küche schnell zu verlassen, damit das Würgegefühl nachließ, das ihn schlagartig befallen hatte.

„Abfackeln wäre keine üble Idee", knurrte er.

Neal fand sich im Wohnzimmer wieder und traute sich vorsichtig, weniger flach zu atmen. Auch hier roch es nicht gerade nach Veilchen, aber es war erträglich. Als er den Kerzenstummel über seinen Kopf hielt, grunzte er erstaunt. Wer hatte das getan?

Es war ein sauberer Überwurf auf das abgewetzte Sofa gelegt worden, den Tisch zierte ebenfalls eine blütenweiße Decke. Zusätzlich waren mehrere frisch bestückte Leuchter im Raum verteilt und es lag ein Bündel neuer Kerzen sorgfältig aufgestapelt auf dem Schrank. Das war ein krasser Kontrast zum Rest des Hauses.

„Was ist denn hier …?", kommentierte Neal seine Überraschung, nachdem er die beiden glänzenden Weingläser entdeckt hatte. Das sah so gar nicht nach dem Werk seines Vaters aus. Hatte ihn jemand erwartet? Doch da klingelte es plötzlich an der Tür.

„Ja, bitte?" Neal hob die Kerze, weil sich eine riesige Gestalt vor dem mondhellen Himmel abzeichnete. Der zuckende Lichtschein beleuchtete einen jungen Mann mit atemberaubenden Gesichtszügen, der eine in Packpapier eingedrehte Flasche unter dem Arm trug.

„Du bist es wirklich … Neal!", sagte er mit einer samtigen tiefen Stimme, die langsam über seinen Rücken in die unteren Regionen kroch. Neal schluckte und betrachtete die Züge des Besuchers eingehender. Das war doch völlig unmöglich!

„Ma- Matthias?"

„Wahrscheinlich hast du mich noch als kleinen Knirps in Erinnerung, aber ich glaube, ich habe mich ein bisschen verändert. Darf ich hereinkommen?"

Das überrumpelte ihn völlig. Neal konnte nur mechanisch nicken und hätte fast die Kerze fallen lassen. Nachdem sein Nachbar kurz die Türöffnung verdunkelt hatte, blieb Neal noch wie betäubt stehen. Das konnte doch nicht sein kleiner Mattes sein ... Oder doch? Der Kerl sah verdammt nach Model aus, der Körper, das Gesicht mit Dreitagebart. Wow!

Mit traumwandlerischer Sicherheit bewegte Matthias sich ins Wohnzimmer, wo er kurz mit den Fingern schnippte. Alle Kerzen entzündeten sich zugleich, und er war bereits damit beschäftigt, die mitgebrachte Weinflasche zu öffnen, als Neal ins Zimmer kam. Hatte er richtig gesehen? Das Schnippen hatte er nur erahnen können, weil die Blickrichtung von der Türöffnung verdeckt worden war. Wie hatte er das gemacht? Irgendetwas lief hier überaus schräg. Eine Gänsehaut rieselte über seinen Rücken.

„Woher wusstest du, wo du den Korkenzieher findest? Und ein Feuerzeug?", fragte Neal entgeistert. Es wäre ihm schleierhaft gewesen, wo er in dem Chaos hätte suchen sollen. Und überhaupt: Wein bei Kerzenschein? Wäre nicht ein Bier in der Kneipe um die Ecke männlicher gewesen?

Lächelnd klappte Matthias sein Taschenmesser zusammen und zeigte es kurz. „Ein Gentleman sollte für alle Fälle gerüstet sein. Gerade wenn es darum geht, holden Jungfrauen aus der Vergangenheit auf die Sprünge zu helfen."

„Ich bin keine ...", wollte Neal aufbegehren, obwohl das Lachen seines Nachbarn ein kleines Feuer in seinem Magen entzündete. Matthias trat nah an ihn heran und schaute ihm tief in die Augen. „Aber das weiß ich doch", raunte er und drückte ihm ein Glas in die Hand. Auffordernd hielt er ihm seins hin und sie stießen an.

Nachdem Neal von dem wunderbaren Tropfen getrunken hatte, wurde sein Blick verträumt: Der Kerl war nicht nur erwachsen geworden ... Himmel, er hat ihn schon als Kind verzaubert! Bei seinem süßen Lächeln war Neal schwach geworden und Mattes hätte alles von ihm haben können. Aber für ein erotisches Interesse waren sie noch zu jung gewesen. Oder? Es Neal schon früh bewusst geworden, auf sein eigenes Geschlecht zu stehen, aber er war damals sieben ... und Matthias höchstens fünf.

„Du denkst also auch noch daran?" Sein Besucher berührte Neals Schlüsselbein und ließ einen Finger geradewegs nach unten in Richtung seiner Brustwarze wandern. Die Nippel zeichneten sich durch das weiße T-Shirt ab, weil es sich eng über seine trainierte Brust spannte. Das wäre das Letzte, was er von einem Wiedersehen mit Mattes erwartet hätte. Es prickelte angenehm, während er dieses hübsche maskuline Gesicht musterte, in dem er noch immer seinen „Bruder" zu finden suchte.

„Ein kleiner Junge und ein nicht mehr ganz so kleiner Junge ... sie spielen ‚Mutter und Kind' ... wie so oft ... doch diesmal gerät das unschuldige Spiel viel realistischer als sonst ...", flüsterte Matthias, während sich sein Streicheln immer weiter seinem offensichtlichen Ziel näherte. Der Mann ging ran!

Oh verflucht, Neal hätte dem Einhalt gebieten müssen, doch er war zu fasziniert und beschämt. Auch aus ihm war ein stattlicher Mann geworden,

Matthias sollte ihn nicht für weichgespült halten, weil sie dieses dumme Spiel so geliebt hatten.

„Nein, bitte sag es nicht!", bat Neal, doch Matthias legte sanft einen Finger über seine Lippen.

„Ja, ich habe gemerkt, wie sehr es dir gefallen hat, als ich an deiner Brustwarze gesaugt habe. Und das Gefühl deiner kleinen harten Kugel in meinem Mund hat mich fast verrückt gemacht. Ach, Neal, wenn ich nicht viel zu unreif gewesen wäre, wie gern wäre ich mit dir gekommen …" Ein Seufzer begleitete Matthias' Worte, doch er hatte ein spöttisches Funkeln in den Augen, als sein Finger wieder Neals Nippel umkreiste. Die empfindliche Warze richtete sich unter seiner Berührung auf und drückte sich erneut durch den Stoff seines Shirts.

Oh mein Gott, konnte er bitte tief in der Erde versinken? Der Kleine hatte es also mitbekommen, dass er damals seinen ersten Orgasmus mit einem anderen Menschen gehabt hatte. Verdamm frühreif. Das hatte Neal erschreckt und doch war es ein süßes Gefühl gewesen, an das er noch lange zurückdachte. Er traute sich nicht, den Blick zu heben, und heftete ihn stattdessen auf Matthias' breite Brust, die sich aufgeregt hob und senkte. Was hatte sein Freund der Vergangenheit jetzt vor? Wollte er ihn erpressen?

Matthias nahm ihm das Weinglas aus der Hand, dann fühlte Neal plötzlich seine Lippen, die den harten Nippel umschlossen. Seine Wärme und Feuchtigkeit durchdrangen das dünne Gewebe, aber schon bald schob er Neal das Shirt über den Kopf.

Bei seiner Seele! Neal hatte diesem Ansturm nicht viel entgegenzusetzen, er musste zugeben, die Berührungen zu genießen. Dieser animalische Mann war sein Matthias, sein kleiner Junge, und – bei Gott – es fühlte sich richtig an, sich ihm hinzugeben, nachdem sie beide erwachsen waren. Vielleicht war er ihm diese Lust sogar schuldig, die er vor langer Zeit in ihm entfacht hatte.

„Komm, leg dich hier hin", sagte Matthias rau und drückte ihn auf das Sofa. Seine Augen suchten die Seinen. „Du bist ein scharfer Kerl, Neal. Ich habe mich nach dir verzehrt. Vertraust du mir?"

Er nickte kaum merklich, obwohl seine Lippen zitterten. Allmächtiger! Die riesenhafte Ausbuchtung in Matthias' Hose war ihm bisher entgangen, doch als er sich kurz von ihm löste, um nach etwas zu greifen, konnte genau sehen, wie sich der Stoff über seine Härte spannte. Himmel, das war alles surreal, aber zu geil! Neal keuchte.

Überrascht hob er den Kopf, als Matthias ihm plötzlich ein schwarzes Seidentuch über die Augen legte und es behutsam verknotete. „Du sollst nichts sehen, es reicht völlig, wenn du dich auf das Fühlen konzentrierst. Glaube mir, du wirst es nicht bereuen …", sagte er leise und verheißungsvoll. Die Finger glitten über Neals Körper, nach und nach befreiten sie ihn von der Kleidung. Obwohl es recht kühl im Raum war, fühlte er ein wohlig warmes Prickeln, wo immer der mysteriöse Kerl ihn berührte. Nackt und blind lag er nun vor ihm. Die Verlockung war zu groß, um nicht mitzuspielen. Nur diesmal lag alles in Mattes' Händen.

Das Pochen verdichtete sich in Neals Unterleib und er keuchte auf, als Matthias seinen Schwanz mit der Zunge neckte und ihn dann in die Mundhöhle gleiten ließ. Warm und feucht entlockten ihm die Bewegungen ein Stöhnen. Sein Herz raste wie wild. Er konnte es noch immer kaum glauben, doch Mattes verwöhnte ihn hingebungsvoll, während Neal fieberhaft überlegte, was damals nach dieser Nuckel-Aktion passiert war. Nichts ... das war ihr letztes Spiel dieser Art gewesen, denn sie hatten instinktiv gespürt, eine Grenze überschritten zu haben. Weiter wäre Neal nicht gegangen ... zumindest war da ein Watteberg, er hatte keine Erinnerung an die Zeit „danach". Es war ohnehin kurz vor seinem Weggang gewesen.

Neal wand sich unter den schlängelnden Berührungen, die unerbittlich seine Eichel umkreisten. Dann wanderten sie durch seine Spalte, um unvermutet in seinen Muskel zu tauchen und sich wieder zurückzuziehen. Mattes fickte ihn mit der Zunge! Diesen höllischen Liebkosungen war Neal ganz und gar ausgeliefert. Er hatte das Gefühl, mit jedem Stoß würde die wendige feuchte Schlange an Volumen zunehmen.

Atemlos spreizte er seine Schenkel weiter und warf den Kopf in den Nacken. Aaaaah! Doch Matthias hatte offensichtlich noch nicht vor, ihm Erfüllung zu schenken. Vorsichtig spreizte er mit den Händen Neals Backen und leckte von den Hoden über den Damm bis zum Beginn der Pospalte. Dabei züngelte er erneut kurz in den Muskel und reizte ihn.

Zitternd vor Lust wand er sich, als Matthias über die benetzten Regionen blies und dann diabolisch lachte. „Oh, Neal ... Du bist einfach köstlich! Soll ich es dir so richtig besorgen? Dann sag es!"

„Bitte!", stammelte Neal bebend. Widersprüchliche Gefühle kämpften in ihm, denn die Situation erschien ihm noch immer absurd, doch er war zu keinem klaren Gedanken mehr fähig. Alles konzentrierte sich jetzt auf einen kleinen Bereich zwischen seinen Beinen, er brauchte es dringend, sein Verlangen war bereits auf die Spitze getrieben.

„Was denn? Was soll ich für dich tun, Neal?" Scheinheilig fuhr Matthias mit dem Daumen über die geschwollene Eichel, die sicher schon genug Feuchtigkeit absonderte. „Das?"

„Leck mich! Fick mich!" Neal schrie die Worte fast heraus. Himmel, war er das? Das klang nach einem Bündel hemmungsloser Geilheit.

„Danke!", knurrte Matthias und versenkte sich wieder zwischen seinen Beinen. Er penetrierte seinen Eingang mit einer Vehemenz, die Neal den Atem nahm. War das seine Zunge? Sein Daumen oder Finger? Er konnte es nicht sagen, es fühlte sich an wie ein Schwanz, doch war es zu erregend wendig.

Die Sterne rasten auf Neal zu und explodierten in einem einzigen Feuerball, als Matthias unvermutet in ihn eindrang. Erbarmungslos – mit einer stahlharten Männlichkeit, die ihn an den Rand einer Ohnmacht trieb. Matthias stieß ihn heftig und rutschte mit jeder Bewegung tiefer in ihn hinein, dabei dehnte er den zuckenden Muskel fast bis zum Zerreißen. Es fühlte sich an, als wäre sein Schaft so dick wie ein Unterarm.

Neals Atem keuchte im Takt der mächtigen Stöße, das war der beste Sex seines Lebens! Oh Gott, er wurde wahnsinnig! Noch nie hatte er die süße Mischung aus Schmerz und Lust so intensiv kennengelernt, schon bald verlor sich sein Körper in wilden Zuckungen. Er spritzte sich seine Ladung mit einem Schrei auf die Brust.

Auch Matthias ergab sich seiner Leidenschaft und pumpte einen Schwall heißen Spermas nach dem anderen in ihn hinein. Neal ließ sich von einer erneuten Welle davontragen. Was für ein Lover! Mattes war nicht nur riesig, er füllte ihn auch auf jede erdenkliche Art bis zum Zerbersten.

Zitternd schloss Neal die Augen und ergab sich den sanften Beben in seinem Unterleib, die noch immer anhielten.

Es dauerte eine ganze Weile, bis er bemerkte, dass er allein war. Zögernd zog Neal die Augenbinde von seinem Gesicht und blinzelte verwirrt in die Finsternis. Draußen war es noch immer finstere Nacht.

„Das ist unmöglich", flüsterte er tonlos. Neal suchte auf dem Boden nach seiner Jacke und ertastete schließlich das Feuerzeug in der Tasche. Als er es entzündete, fand er nur noch den Kerzenstummel, mit dem er sich bei seiner Ankunft beholfen hatte.

Das Wohnzimmer sah im Schein der Flamme ganz anders aus als zuvor. Das Sofa hatte keinen Überwurf und die Tischplatte war blank, wenn man von den darauf ausgedrückten Zigaretten absah, die in kleinen Häufchen herumlagen. Ein eiskalter Schauer überlief ihn. Es gab weder die Leuchter noch die Kerzen oder die Weingläser …

„Hallo? Neal? Bist du da?", fragte plötzlich eine Männerstimme aus dem Hausflur, die er als die von Matthias erkannte. Wohin war er verschwunden, nachdem er ihn wie ein Weltmeister durchgenommen hatte? Ein wenig Zuneigung wäre schön gewesen, Neal sehnte sich zurück in seine Arme und war erleichtert, ihn zu hören. Vielleicht konnte Mattes ihm eine Erklärung liefern.

„Ich bin hier", antwortete er schwach und wurde sich erst jetzt darüber klar, nackt auf dem widerlichen Sofa zu liegen und nicht genau zu wissen, was hier zum Henker passiert war. Schnell zog Neal die Jacke über, aber dann ließ er das Ding wieder sinken, als er Matthias in der Türöffnung sah. Zum Schämen war es zu spät, immerhin tropfte ihm sein eigenes Sperma von der Brust, während das von Mattes in Strömen an seinen Beinen herunterlief.

„Komm doch herein. Ich habe mich schon gefragt, warum du plötzlich weg warst. Ein bisschen Kuscheln wäre nett gewesen nach der langen Zeit." Neal lächelte ihn an und klopfte matt auf das Sofa, damit er sich zu ihm setzte. Bah, die Polster waren fleckig, als wenn jemand auf ihnen gestorben wäre. Es schauderte ihn.

Matthias starrte ihn erschrocken an. „Oh mein Gott, was ist hier passiert? Neal, bist du das? Warum trägst du keine Kleider?"

Er versuchte, das Licht einzuschalten, doch der Schalter blieb nutzlos. Dann sah Neal das Entsetzen in Matthias' Blick. „Sag mir, dass es nicht so ist, wie es aussieht. Die Leiche deines Vaters wurde beinahe vollständig verwest auf dieser Couch gefunden. Hast du dich etwa darin gesuhlt und dir einen runtergeholt?"

Was war mit Mattes? Warum tat er so, als hätte er ihn noch nie gesehen, nachdem sie damals getrennt wurden? Es war sein Sperma, das Neal in seinem Körper hatte.

„Geht es dir gut? Soll ich die Polizei oder einen Krankenwagen rufen?", fragte Matthias und reichte ihm seine Kleider mit der stummen Bitte, sich zu bedecken. Anscheinend irritierte ihn seine Nacktheit sehr.

Zäh wie Honig tropften die Gedanken in Neals träges Hirn. Er stutzte, nachdem er halbwegs begriffen hatte, was Matthias ihn gefragt hatte. Sein alter Freund behandelte ihn wie einen Fremden! Wie konnte das sein, wo sie doch gerade die heißeste Nummer seines Lebens miteinander geschoben hatten? Wollte er ihm einen Streich spielen?

„Du warst ganz wunderbar. Ich habe mich nur gewundert, wohin du verschwunden bist, nachdem wir miteinander geschlafen haben", setzte Neal alles aufs Ganze. Er ließ sich doch nicht auf den Arm nehmen. Was sollte der Blödsinn?

„Nachdem wir … was?!" Matthias griff zu seinem Handy, um anscheinend einen Notruf abzusetzen. „Du bist geistig verwirrt. Hat dich jemand vergewaltigt?", fragte er behutsam und legte sanft den Arm um Neal, während er die Nummer wählte. Er zog ihn von dem widerlichen Sofa weg. „Die Haustür stand offen."

Neal runzelte die Stirn. „Wieso vergewaltigt? Wir hatten wahnsinnigen Sex, das kannst du doch nicht vergessen haben …!"

Er riss bestürzt die Augen auf, als er Matthias ins Handy sprechen hörte: „Schicken Sie bitte einen Krankenwagen in die Turmgasse. Hier ist ein verstörter Mann, der wahrscheinlich in einem leer stehenden Haus überfallen wurde. Er hat keine Kleidung an und scheint verwirrt zu sein. Bitte kommen Sie schnell! Es sieht aus, als würde er gleich durchdrehen!"

„Was zum Geier …?"

Matthias drückte ihm ermutigend den Arm, als Neal auf den Stuhl geschnallt wurde, damit er nicht länger toben konnte. Man hatte ihm sogar einen Knebel in den Mund geschoben, weil er unermüdlich immer wieder dieselbe Geschichte gestammelt, erzählt oder geschrien hatte.

„Ich hätte mir unser Wiedersehen anders vorgestellt, Neal. Aber es wird alles wieder gut. Wenn du dich erholt hast, werde ich dich besuchen. Wahrscheinlich wissen wir mehr, sobald analysiert wurde, was das für ein grünes Zeug ist, das literweise aus dir herausgelaufen kam", sagte sein Freund noch schnell, bevor sich die Türen der Ambulanz hinter Neal schlossen.

Verzweifelt starrte er durch das Fenster in Matthias' Gesicht, das sich nicht verändert hatte. Dann war er mit seinen Gedanken allein. Was war mit ihm los, verdammt? Gab es etwas, das Mattes ihm nachtrug? Hatte Neal sich damals doch an ihm vergangen und es später verdrängt? Sie waren doch beide noch kleine Jungen gewesen, auch, wenn er gekommen war … War das Matthias' Rache?

Neal war nicht verrückt! Auch nach der beschissenen Kindheit war ein ordentlicher Kerl aus ihm geworden, erfolgreich im Beruf. Er hätte niemals wieder in seine Vergangenheit zurückkehren dürfen, das wusste er jetzt. Das Leben hatte es gut mit ihm gemeint bis zu diesem verhängnisvollen Fehler.

„Du hast mir wunderbar geschmeckt und warst wirklich unterhaltsam", hörte er plötzlich ein Flüstern. Es war Matthias' Stimme. „Ich habe mich von dir genährt und dir sogar einen kleinen Teil deiner Seele entzogen, schnuckeliger Neal."

Entsetzt riss er die Augen auf, als sich eine riesige Gestalt neben seinem Kopf materialisierte. Neal versuchte, seinen Knebel auszuspucken, doch es gelang ihm nicht. Er erstickte fast daran, nichts sagen zu können. Was war das für ein Höllenwesen?

„Ich bin ein Incubus. Die Sanitäter können mich nicht sehen. Sie bekommen nur mit, dass du dich wie ein Verrückter aufführst. Und man bringt dich jetzt dorthin, wo man Leute wegsperrt, die Kreaturen wie mich wahrnehmen können." Die Albtraumgestalt lachte und öffnete den Mund, um eine lange gespaltene Zunge herausrollen zu lassen. „Es hat dir gefallen, geleckt zu werden, das merke ich mir."

Neal schluckte, als ihm so einiges klar wurde. Jetzt wusste er, was geschehen war. Oder er ahnte es … er verlor den Verstand.

„Entschuldige bitte vielmals, ich sollte lieber wieder die Gestalt des hübschen Mattes' annehmen. Er war ein zuckersüßer Knabe und ist jetzt ein kerniger Mann." Mit einer Handbewegung sah seine Wahnvorstellung wieder so anziehend aus, wie sie Neal verführt hatte. Oh Himmel, ihn überlief ein eiskalter Schauer nach dem Nächsten.

„Sieh es mal so, Neal, der kleine Mattes ist nicht schwul, er würde sich nicht für deinen schönen Körper interessieren. Aber ich weiß ihn zu schätzen ... und du hast dir doch eine Langzeit-Beziehung gewünscht. Deiner Bitte soll nachgekommen werden, das ist auch eine Garantie für wahnsinnigen Sex, wie du es genannt hast."

„Hrmmfmmmpfff", versuchte Neal, auch nur einen verdammten Ton herauszubringen, wobei ihm die Augen sicher vor Wut fast herausquollen. Diese Ohnmacht brachte ihn um, wobei er sich auch mit jedem Wort um Kopf und Kragen geredet hätte.

„Ein kleines Zuckerchen für dich, Darling ... als Auftaktgeschenk für unsere Liebelei", hauchte ihm dieser Mattes-Dämon zu. „Wir haben in der Unterwelt einen netten Neuzugang. Dein Vater wusste, dass er eine Pforte zur Hölle in seinem Haus hat. Mit der Bewahrung dieses Geheimnisses wollte er seine Seele vom Fegefeuer freikaufen. Vergeblich."

Die Kreatur lachte, doch es war gleich angenehmer, Matthias dabei ins Gesicht zu schauen. „Ich hatte ein sehr unterhaltsames Gastspiel, aber jetzt folge ich dir natürlich in dein neues Zuhause. Du hättest den baufälligen Schuppen sowieso nicht gewollt mit dem kleinen Extra."

Er grölte vor Vergnügen und leckte sich genüsslich mit seiner dicken gespaltenen Zunge über die Lippen. Nicht alles an ihm war Mattes, auch unterhalb der Gürtellinie, wie Neal wusste.

„Wir werden sehr lange füreinander sorgen. Ich habe starke Arme, ganz, wie du es dir gewünscht hast. Sind wir nicht ideale Partner?"

Neals Sinne schwanden langsam. Wenn er noch nicht wahnsinnig war, würde ihn diese Geschichte in den Wahnsinn treiben. Er war genau dort, wo er hingehörte. Sein Vater hatte ihm seinen Fluch hinterlassen und sie schmorten jetzt beide in den Flammen. Das gab ihm beinahe Genugtuung.

Doch Neal würde das Beste daraus machen.

Anderswelt

Seine Finger malten komplizierte Symbole aus feurigen Linien auf die Nebelwand, dann murmelte Gavin gutturale Laute, denen magische Kräfte innewohnten. An einer Stelle wurden die Schleier dünner und lichteten sich schließlich, um ein verschwommenes Bild zu zeigen. Ungeduldig rutschte Gavin hin und her, wie immer dauerte es ihm viel zu lange, bis er klar erkennen konnte, was es ihn zu sehen begehrte.

„Toby", flüsterte er zärtlich, als er das Gesicht seines Lieblings deutlich erkennen konnte. Das kurze braune Haar stand keck hoch und in den blauen Augen spiegelte sich die Lebenslust. Wie gern hätte er Tobys zarte Haut gestreichelt, die sich über die Muskeln spannte. Voller Verlangen streckte Gavin die Hand nach ihm aus, doch er wusste, dass er ihn nicht berühren konnte. Noch nicht.

„In zwei Tagen werde ich dich endlich fühlen. Ich kann es kaum erwarten ..." Es gab Zeiten, da waren die Barrieren zwischen den Welten besonders durchlässig.

„Nun beeil dich schon, du Trödelliese, sonst gibt es keine Süßigkeiten mehr", trieb Toby seine sechsjährige Nichte Nadine an, die sich noch immer nicht vom Spiegel trennen konnte. „Eigentlich verkleidet man sich zu Halloween als Geist oder etwas Gruseliges."

„Ich bin eine Prinzessin!"

Er betrachtete die Kleine grinsend, die mit ihrem rosafarbenen Tüllkleid aussah wie eine Barbiepuppe. „Du sollst doch so tun, als wärst du selbst ein Gespenst, um die *Echten* davon abzuhalten, dir etwas zu tun, und sie zu verscheuchen."

Prüfend schaute Nadine ihn an. Toby war stolz, ihr Lieblingsonkel zu sein, und freute sich noch mit seinen siebenundzwanzig Jahren, Süßigkeiten zu sammeln. Im Zweifelsfall war er für jeden Blödsinn zu haben.

Das Mädel war auf Zack, anscheinend nahm sie ihm die Geschichte nicht so ganz ab. Aber dann verzog sie das Gesicht, als sie die ziemlich gut gelungene Wunde mit dem herausragenden Pappbeil auf seiner Stirn begutachtete, aus der das „Blut" herauslief. „Du wirst mich beschützen, darum kommst du mit!" Sie schürzte die Lippen und Toby musste unwillkürlich lachen.

„Dann aber los!" Er nahm das Plastikeimerchen mit dem aufgeklebten Kürbis und reichte ihr die Hand. „Süßes oder Saures!"

Wie in jedem Jahr zog Toby mit Nadine los. In Deutschland war der Halloween-Brauch wenig bekannt, deshalb hielten nicht viele Familien Süßigkeiten bereit, und nur vereinzelte Kinder oder Grüppchen waren unterwegs.

Als sie die wenigen infrage kommenden Häuser abgeklappert hatten, wunderte sich Toby, einen als Waldschrat oder Kobold kostümierten jungen Mann an der Straßenecke zu entdecken. Die Aufmachung zeigte viel nackte Haut und einen muskulösen Körper, doch er schien trotz der niedrigen Temperaturen nicht zu frieren. Auf dem Kopf trug er einen Kranz aus Zweigen mit kleinen roten Beeren daran. Eine ungewöhnliche und sehr fantasievolle Verkleidung, wahrscheinlich war er ein Partygänger.

Aber am meisten erstaunte Toby der Blick, den ihm der Fremde zuwarf. Es kribbelte in seinem Bauch, denn er las eindeutig Verlangen in den Augen, die auf unerklärliche Weise in der Dunkelheit glommen. Waren das irisierende Kontaktlinsen? Der Mann sah sehr gut aus, er konnte nicht aus seinem Stadtteil stammen, sonst hätte er ihn längst bemerkt.

„Hallo", sagte Toby leise. Ein Anflug von Schüchternheit überkam ihn, normalerweise hatte er keine Probleme damit, aber dieser Typ strahlte etwas Ungewöhnliches aus – etwas Interessantes. Nur mit Mühe konnte er sich davon abhalten, ihn anzustarren.

„Kommst du zurück, nachdem du deine Begleiterin nach Hause gebracht hast? Ich würde dann hier auf dich warten", antwortete der Unbekannte statt eines Grußes.

„Okay." Das Wort hörte sich ein wenig erstaunt an, aber Toby wunderte sich über seinen festen Klang. Er riss sich von dem Anblick des Kobolds los und lächelte zum Abschied. Tobys Herz klopfte heftig. War das aufregend!

Als hätte er es plötzlich eilig, schob er Nadine vor sich her und nahm ihr den doch recht schweren Eimer ab. „Süße, wir haben deiner Mama versprochen, schnell wieder da zu sein. Es ist schon spät", flunkerte er, da die Kleine einen Schmollmund zog.

Ohne sich noch einmal umzudrehen, gingen sie ihren Weg, aber Toby wusste, dass der mysteriöse

Mann nach seiner Rückkehr noch da sein würde. Und es war eigentlich keine Frage für ihn, ob er den Wunsch hatte, den schönen Fremden erneut zu treffen …

Was hatte dieser Kerl mit ihm angestellt? Normalerweise würde Toby ihn zwar wahrnehmen, aber sich mit einem Unbekannten zu verabreden, war eigentlich nicht seine Art. Und diese Unruhe war es auch nicht, nachdem er jemanden zum ersten Mal getroffen hatte.

Er beeilte sich extra, wobei er noch schnell die Pappaxt mitsamt ihrer aufgemalten Wunde entfernte, weil er sich damit lächerlich vorkam. Dann fütterte er seinen Kater und war auch schon bereit – für ein Abenteuer? Ja, das war eine gute Erklärung für das seltsame Gefühl in seiner Magengegend.

„Er kommt zu mir." Gavin lächelte vor sich hin, endlich war er am Ziel seiner Wünsche angekommen.
Doch es würde noch spannend werden, denn er beobachtete Toby schon lange genug, um zu wissen, dass der junge Mann nicht ganz so leicht zu verführen war. Sein geschätzter Toby eroberte gern, umkreiste seine Beute, bevor er zuschlug. Die Zeit war jedoch ein Faktor, den Gavin nicht beherrschen konnte, zumindest nicht in der Welt der Menschen. Auch gegen ihren freien Willen war er machtlos.

„Noch in dieser Nacht muss er mir gehören, sonst werde ich mich wieder gedulden müssen." Und wer wusste schon, ob er eine zweite Chance bekommen würde?

Als Toby zu der Stelle zurückkam, drehte er sich suchend, doch er konnte zu seiner Enttäuschung niemanden mehr entdecken. „Mist", brummte er ungehalten. Er war so felsenfest davon überzeugt gewesen, der interessante Bursche wäre noch da. Jetzt fühlte er sich wie ein Idiot.

Doch plötzlich bemerkte er in dem dunklen Hauseingang zu seiner Linken eine kleine Flamme, als würde sich jemand eine Zigarette anzünden. Sofort trat Toby einen Schritt näher, um herauszufinden, wer sich dort verbarg, und ein Lächeln stahl sich auf seine Lippen. Hatte er doch gewusst, dass der Kerl auf ihn wartete.

Im flackernden Schein des Feuers sah er das hübsche Gesicht mit den spitzbübisch funkelnden Augen, die Toby faszinierten. Aber noch mehr fesselte ihn das Flämmchen, das auf der geöffneten Handfläche des Mannes zu tanzen schien.

„Ich bin Gavin", flüsterte er, warf den kleinen Glutball in die Höhe und fing ihn mit dem Handrücken auf. Dann bewegte er ihn spielerisch stupsend den Arm hinauf, über seinen Nacken und an der anderen Schulter wieder hinunter.

Tobys Lippen wollten gerade seinen Namen formen, aber er konnte nur wie hypnotisiert auf die strahlende Kugel starren, die jetzt vor ihm in der Luft schwebte. War das ein billiger Jahrmarkttrick oder war Gavin eine Art Zauberer? Es konnte sich nur um eine Illusion handeln. Er war versucht, seinen Finger nach dem Leuchtobjekt auszustrecken und es zu berühren.

„Toby, nicht wahr?", übernahm Gavin schmunzelnd das Reden für ihn und drückte ihm seinen Beerenkranz auf das Haar.

Woher kannte er seinen Namen? Voller Erstaunen zuckte Toby zurück, doch dann ließ er Gavin gewähren, als er zärtlich die Linien seines Gesichtes nachfuhr. Ihm entging das leichte Zittern seiner Hand nicht, das sicher nicht von der Kälte kam, denn die Berührung war ansonsten bemerkenswert warm.

Wieso machten ihm diese Temperaturen nichts aus? Halb nackt sprang dieser verführerische Bursche hier herum, während es Toby fröstelte. Er ließ seine Fingerkuppen neugierig über Gavins gut ausgebildete Brust wandern und stellte fest, dass sich auch dort die Haut angenehm anfühlte. Sie kam ihm sogar beinahe heiß vor, weil seine eigenen Finger eisig waren, aber sie verursachten bei Gavin noch nicht einmal eine Gänsehaut.

„Ja, ich bin Toby", stammelte er beinahe. „Du bist wunderschön."

Vorsichtig streichelte er Gavin weiter, dann neckte er die zarten Brustwarzen und beobachtete, wie sie zu kleinen harten Kügelchen wurden. Gut, dieser Punkt war geklärt. Da er ihm nicht die Zähne polierte, war der Mann wohl auch an ihm interessiert. Diese Art Balztanz war Toby geläufig, es war ein erregendes erstes Abtasten. Gavin schloss die Augen und stöhnte leise, dann lächelte er.

Das Kribbeln in Tobys Bauch nahm zu. Dieser sehnsüchtige Ton jagte ihm einen Schauer über den Rücken und brachte sein Herz zum Rasen. Gavin gab ihm viele Rätsel auf. Er wollte etwas sagen, doch seine

Kehle war staubtrocken. So plötzlich war ihm das noch nie passiert. Hatte er sich spontan in den Burschen verguckt?

Ein letztes Mal fuhr sein Daumen über die harte Perle und sein Blick wanderte unwillkürlich weiter an Gavins Körper hinab: Die Bauchmuskeln zogen Toby magisch an und die feine Spur dunkler Härchen unterhalb des Nabels, die im Bund der Hose verschwand. Das Kleidungsstück war aus grobem Stoff gefertigt und wurde von einer Kordel gehalten, es passte perfekt zu der Verkleidung.

Toby konnte das alles im schwachen Schein des Feuerbällchens mehr erahnen als deutlich erkennen, doch das machte den Reiz dieser skurrilen Situation aus. In diesem Licht hatte der beinahe nackte Körper einen verführerischen Schimmer und es pochte verlangend in Tobys Lenden.

„Willst du mit mir kommen? Aber dafür musst du Mut beweisen", sagte Gavin und schaute Toby demonstrativ in die Augen. Ein kleines, leicht arrogantes Lächeln umspielte seine Lippen.

Anscheinend dachte der geile Kerl, er traute sich nicht, ihn auf seine abgefahrene Party zu begleiten. Doch er würde ihm nicht mehr entkommen. Toby beantwortete das Lächeln und nickte leicht: Herausforderung angenommen.

Überraschenderweise drehte ihm Gavin den Rücken zu, um glühende Zeichen in die Luft zu malen. Wow! Wenn er ein Illusionist war, dann wirklich einer vom Feinsten. Toby liebte es, hinter die Tricks zu kommen, im Moment war er aber erst einmal beeindruckt. Er genoss die Wirkung dieser Nummer und hatte keine Ahnung, wie der Bursche das bewerkstelligt hatte. Die Inszenierung war perfekt.

Gavin murmelte unverständliche Worte und nahm Tobys Hand. „*Möchtest* du mich begleiten?", fragte er noch einmal eindringlich, ohne ihn anzuschauen.

„Ja." Toby wunderte sich, warum er so einen Wirbel um die Frage machte. Das war spannend und es versprach ein wirklich tolles Halloween zu werden. „Wohin gehen wir?"

„Es ist gleich hier." Als Gavin die schwere Holztür öffnete und ihn hindurchzog, war Toby ein wenig erstaunt, denn er betrat nicht den kühlen Hausflur, wie er es erwartet hatte, sondern einen großen Raum, der angenehm temperiert war. Sofort wurde es ihm zu warm in seiner dicken Jacke.

Das Zwielicht in dem Zimmer zauberte eine prickelnde Atmosphäre und Toby betrachtete die Decke, die durch in sich verwobenen Pflanzen gebildet wurde. Alles wirkte sonnendurchflutet und die Luft roch süß nach Frühling. Sein Herz raste schon wieder los.

„Wo bin ich hier?" Toby schaute sich um und bemerkte, dass dort, wo sie gerade eingetreten waren, nun eine bewachsene Wand war. Wohin war die verdammte Tür verschwunden? Wurde sie mit dem Grünzeug getarnt?

Außer einem großen Bett gab es keine weiteren Möbel, obwohl Toby in einer Ecke einen starken Ast sah, der in den Raum wuchs und Platz für Kleidung und dergleichen bot. Das sah nicht nach einer Party aus, eher nach einer veganen Fickgeschichte. Wie zum Teufel waren sie hierhergekommen? Mit gerunzelter

Stirn schaute Toby Gavin an, der ihn am Kragen seiner Jacke zu sich zog.

„Komm, zieh dich aus."

Gavin wusste, er durfte seinen Gast jetzt nicht drängen; Toby musste die erste Verwunderung verdauen. Natürlich, schossen ihm jetzt tausend Fragen durch den Kopf, die Gavin allerdings nicht zu beantworten gedachte. Je weniger Toby wusste, desto besser war es für ihn. Erst wenn er ihn näher kannte, war sein Liebling reif dafür, mehr zu erfahren.

Wie gern wollte Gavin des Menschen Herz erobern, doch dafür würde er länger brauchen als den flüchtigen Moment, den sie jetzt miteinander genießen konnten. Daher würde er nehmen, was sich ihm anbot.

Und jetzt sollte er dem Kater seine Beute schmackhaft machen. Er musste Tobys Gedanken wieder in die Richtung lenken, wo er sie haben wollte. Gavin war ein wenig nervös, als er ihn aus seiner Jacke schälte und mit den Händen unter den Pullover fuhr.

„Sag mir, wo wir hier sind", verlangte Toby erneut zu wissen. Die Verwirrung in seinem Blick war einfach zum Küssen, darum konnte Gavin nicht länger widerstehen. Sein Mund näherte sich Tobys Lippen, ganz sanft streichelte seine Zunge über die zarte Haut, um dann kurz einzutauchen und ihn zu necken. Zu gern hätte Gavin den Kuss vertieft und auf Tobys Erwiderung gehofft, doch es war noch nicht der richtige Zeitpunkt. Das Warten war es wert, denn sein

Gespiele würde leidenschaftlich und fordernd sein, wenn er sich nur geduldete ...

„Du bist in meinem Heim. Ich lade dich ein, dich wohl und gut aufgehoben zu fühlen. Hier wird dir nichts geschehen." Mit einem lasziven Lächeln schob er Toby den Pullover über den Kopf, doch das T-Shirt ließ er unangetastet. Anscheinend konnte er gerade alles mit ihm anstellen, aber genau das zeigte Gavin, dass Toby noch nicht wieder ganz bei sich war. Zumindest war er noch immer sprachlos.

Er musste auch nichts sagen. Es reichte völlig, wenn Tobys Augen und sein Gefühl auf ihn reagierten – vorerst. Gavin schnippte mit den Fingern und wie aus dem Nichts erschien sein Gespiele aus einer dunklen Ecke des Raums. Sein Name war Erk, er war ebenfalls gut aussehend, doch es war kein Vergleich zu Gavins eigener Schönheit. Dafür war er größer und muskulöser als er, ein Bär von einem Mann.

Erk lächelte und sah ihn aus glühenden Augen an: „Was kann ich für dich tun, Herr?"

„Das ist Erk, er wird dir zeigen, was du mit mir machen könntest. Du musst dich nur dazu entschließen, alles geschieht nach deinem Willen", flüsterte Gavin rau in Tobys Ohr, wobei er seinen warmen Duft tief inhalierte und seufzte.

Voller Freude registrierte Gavin, wie sich eine steile Falte auf Tobys Stirn bildete, die seinen Unmut zeigte. Anscheinend war der Jäger seinem Opfer bereits auf der Fährte und hatte Witterung aufgenommen. Jetzt musste er nur noch den unbändigen Drang verspüren, es zu erlegen. Eine magische Handbewegung ließ Toby erstarren, nur seinen Kopf konnte er noch bewegen.

„Lass uns das Feuer entfachen …", hauchte Gavin. Dann pustete er über seine Handfläche, von der tausend Funken stoben und wie Glühwürmchen durch den Raum tanzten. Als Toby etwas sagen wollte, gebot Gavin ihm zu schweigen. Erstaunlicherweise kam sein Gast dem Wunsch nach, ohne aufzubegehren.

Gavin lehnte sich lächelnd gegen den blonden Hünen. Erks Hände wanderten langsam über seinen Körper. Wie so oft stellte Gavin sich vor, es wären Tobys Finger, die ihn sanft erkundeten, doch diesmal war es etwas Besonderes. Ein heißes Prickeln rieselte durch seinen Unterleib, allein der Gedanke, dass sein Angebeteter dabei zuschaute, erregte ihn.

Als Erk ihn küssen wollte, drehte Gavin den Mund zur Seite. Er hatte noch immer einen Hauch von Tobys Geschmack auf den Lippen, den er nicht verwischen wollte. Niemals wieder würde er einen anderen Mann küssen.

Leise stöhnend legte Gavin den Kopf in den Nacken und schloss die Augen. Er wollte nicht sehen, wie Toby darauf reagierte, wie Erk ihn in erotische Schwingungen versetzte, er wollte es sich vielmehr ausmalen, um die Spannung zu erhöhen. Ganz in der Nähe hörte er Tobys schneller werdenden Atem. Und sein leises Fluchen.

Die deutliche Ausbeulung in Gavins Leinenhose war das Ziel, das die großen Hände als Nächstes ansteuerten. Erk löste die dicke Kordel an seinem Hosenbund und war kurz davor, seine pralle Männlichkeit zu umschließen.

„Hör auf damit! Er gehört mir!", rief Toby ungehalten und knurrte.

Als Toby den Raum betreten und in dem sonnigen Zwielicht gestanden hatte, glaubte er seinen Augen nicht zu trauen. In was für einem schrägen Film war er denn hier gelandet? Doch ehe er sich versah, hatte er kurz die Zunge von diesem scharfen Kerl in seinem Mund und die Hände auf der nackten Haut.

Angesichts des sanften Pochens in seinem Schwanz ließen ihn Gavins Nähe und seine Berührungen alles andere als kalt. Aus dem Grundrauschen seiner Verwirrung befreite sich ein triebhafter Gedanke: Er wollte diesen Mann, jetzt und sofort! Tobys Gefühle waren in Aufruhr, sie überlagerten jede rationale Überlegung. Noch nie hatte ihn so ein spontanes Begehren überfallen.

Doch plötzlich war er wie zur Salzsäule erstarrt, unfähig, auch nur einen Finger zu rühren. Alle Empfindungen waren so wie immer, aber seine Muskeln gehorchten ihm nicht mehr. Diese Hilflosigkeit verunsicherte ihn. Trotzdem war es prickelnd, als hätte Gavin ihn gefesselt. Nur Toby hasste es, die Kontrolle abzugeben.

Die Angst verwandelte sich jedoch schnell in Wut, als es plötzlich einen Nebenbuhler um Gavins Gunst gab. Dieser Erk hatte ihn seinen „Herrn" genannt. Laut dem Glühen im Blick des großen Mannes, wurden wohl im Allgemeinen Liebesdienste von ihm verlangt. Na toll! Toby knurrte.

Er hatte so viele Fragen, aber als er etwas sagen wollte, fühlte er Gavins Finger auf seinen Lippen, um sich dann in einem glitzernden Funkenregen wiederzufinden. Was war er für ein faszinierendes Wesen? Seine Tricks waren nicht von dieser Welt ...

„Lass uns das Feuer entfachen", hatte er Gavin flüstern hören und Erk hatte begonnen, ihn in einer Art und Weise anzufassen, die Tobys Gefühle zum Brodeln brachte. Sein Herz schlug im Moment verdammt schnell.

Wieso schleppte ihn Gavin in diesen geheimnisvollen Raum, um sich dann von einem Sexsklaven befriedigen zu lassen? Vor seinen Augen! Fassungslos verfolgte Toby die Bewegungen der Hände auf Gavins Körper – und *spürte* die Berührungen, als wäre er es, der so angefasst wurde.

Wie konnte er Gavins Lust mitempfinden? Erk stimulierte seinem Herrn die Brustwarzen und Toby verging fast unter dem intensiven Reiz. Er stöhnte leise, zu gern hätte er sich das T-Shirt heruntergerissen, weil er den reibenden Stoff nicht länger ertragen konnte.

Erks große Hand lag nun auf Gavins deutlich ausgeprägten Bauchmuskeln und fuhr jeder Erhebung und Vertiefung nach. In Toby tobten Eifersucht und Verlangen, gleichzeitig fühlte er die Liebkosung von Erks Zunge, die am Hals seines mysteriösen Gastgebers entlangstrich. Toby zitterte und bebte vor Erregung, seine Jeans war kurz davor, gesprengt zu werden.

„Nein, nicht den Schwanz berühren, das überlebe ich nicht!" Erst da begriff Toby, was Gavin zu ihm gesagt hatte. „Es geschieht nach meinem Willen", murmelte er und bemerkte im selben Moment, wie die Starre von ihm abfiel. Er konnte sich wieder frei bewegen.

Mühsam kämpfte Toby seine Aggressionen nieder, um Erk nicht gleich die Faust ins Gesicht zu schlagen, sobald er ihm gegenüberstand. Jetzt übernahm Toby das Zepter. „Hör auf damit! Er gehört mir!"

Toby legte seine Hand auf Erks und hielt sie fest. „Geh weg und lass uns in Ruhe!", setzte er ungehalten hinzu und spürte eine sanfte Kontraktion in den Lenden, die seine Aktion in Gavin ausgelöst haben musste.

Erk hielt schmunzelnd inne, anscheinend wartete er auf einen Wink seines Herrn, bevor er der Aufforderung Folge leistete. Da dieser kaum merklich nickte, zog der gehorsame Liebesdiener sich wortlos zurück, ohne eine weitere Regung zu zeigen.

Pffff, der Kerl war ein besseres Sexspielzeug.

Jaaaa, endlich! Toby nahm ihn in die Arme und eroberte seine Lippen ungestüm. Während sich ihre Zungen umschlangen, erlaubte sich Gavin, seinen Geist zu öffnen und ebenfalls Tobys Gefühle zu teilen. Er keuchte überwältigt, als ihn die Wucht seiner Leidenschaft traf.

Gavin hatte den Eindruck, in einem pulsierenden Lichtbogen zu verglühen. Überall waren die Lippen und die Zunge seines Gespielen, der ihm dabei sinnliche Ströme übersandte.

Bebend schnappte Gavin nach Luft. Bei den Kräften des Universums! Mit den Fingerspitzen erspürte Toby seinen harten Schwanz, reizte seine ganze Länge durch das grobe Gewebe und glitt dann mit der Hand in die locker sitzende Hose.

Es war beinahe unerträglich, Gavin war versucht, sich gegen die ihn überflutenden Emotionen abzuschotten, doch das wäre nicht fair gewesen, denn auch Toby wand sich stöhnend.

Sie knieten nun beide auf dem großen Bett und befreiten sich gegenseitig von den restlichen Kleidern. Gavin konnte sich gar nicht sattsehen an Tobys athletischem Körper, schon so lange hatte er auf diesen Moment gewartet. Jetzt wollte er endlich von ihm bezwungen und genommen werden, doch für ein langes Vorspiel hatten sie keine Zeit. Ihre Erregung ließ keine Verzögerung zu ...

Gavin holte eine Schale mit duftendem Öl und begann sofort, Tobys Haut damit zu salben; genüsslich ließ er die kräftigen Muskeln durch seine Finger gleiten. Da sie beide noch immer doppelte Lust empfanden, rieselte es wie sanfte Stromschläge über Gavins Rücken, als er Tobys Härte massierte und einölte. Er konnte gerade noch die Konzentration aufbringen, auch die prallen Hoden zu verwöhnen.

Heiser flüsterte er: „Nimm mich", und lehnte sich zurück in die Kissen. „Ich möchte dich dabei ansehen."

Wortlos nahm Toby ihm die Schale mit dem Öl aus der Hand und tauchte einen Finger hinein. Er bebte am ganzen Körper, doch er lächelte Gavin an, bevor er die Falten zwischen seinen Backen erkundete, sie einfettete und dehnte. Sie stöhnten wie aus einem Mund.

„Jetzt wirst du mir gehören, nur mir", sagte Toby leise und Gavin konnte den Triumph aus seinen Worten heraushören. Ja, genau das war sein Wunsch, er wollte sich seinem Geliebten hingeben. Tobys dunkelblaue Augen fixierten Gavins Blick, als er in ihn eindrang, um sich dann langsam in ihm zu bewegen. Er legte sich auf ihn und küsste ihn gierig; Gavin hob ihm sein Becken entgegen und schlang die Beine um ihn.

Es war einfach überwältigend, Toby tief in sich zu spüren, Gavin konnte sich nicht daran erinnern, das Liebesspiel jemals so genossen zu haben. Sie verschmolzen in ihren Bewegungen, empfanden ihr eigenes Verlangen, wie auch das des anderen. Es war ein atemloser Tanz, jede Berührung entfachte ihre doppelte Leidenschaft.

Schon bald entlud sich Toby mit einem Aufschrei, er riss ihn mit in den Abgrund seiner Lust und wurde direkt im Anschluss von Gavins Höhepunkt geschüttelt. Um Luft ringend lagen sie sich in den Armen und verloren sich in einem zärtlichen Zungenspiel. Dann glitten sie in kurzen Schlaf, bevor Gavins Sehnsucht erneut erwachte und er nach Tobys Körper tastete…

„Verdammte Scheiße, warum bekomme ich den Schlüssel nicht ins Schloss?", fluchte Toby, als er vor seiner Haustür stand. Seine Laune war sowieso nicht die Beste, denn der stille Abschied von Gavin hatte ihm wesentlich mehr zugesetzt, als er es sich eingestehen wollte. Eine ganze Nacht lang hatten sie sich verzweifelt geliebt. Keiner von ihnen wollte einen Endpunkt setzen, darum bekamen sie nicht viel Schlaf.

Als er erwachte, lag Toby allein in dem großen Bett. Er schaute an die sonnendurchflutete Decke, der Duft nach Blüten und einem wunderbaren Frühstück erwartete ihn, doch von Gavin konnte er keine Spur entdecken.

Schweren Herzens ging Toby durch die einzige Tür in dem Zimmer und stand plötzlich wieder an der alten Stelle in dem Hauseingang, von dem aus er Gavins Welt betreten hatte. Er hatte extra noch einmal geklingelt, um die Tür erneut zu öffnen, aber dahinter war nur ein muffiger Hausflur gewesen.

„Was hast du nur mit mir gemacht?" Diese Frage hatte Toby sich schon einmal gestellt, aber das war vor seinem Erlebnis gewesen. Gavin hatte ihn verzaubert, ihr Liebesspiel war so innig und irgendwie besonders gewesen. Tobys Herz schmerzte, wenn er nur daran zurückdachte. Das war weit über bloßen Sex hinausgegangen.

Es hatte natürlich kein „Ich rufe dich an" oder „Melde dich, wenn du magst" gegeben, darum hatte er die Befürchtung, seinen Geliebten nicht wiederzusehen. Der Gedanke trieb ihm die Feuchtigkeit in die Augen. Noch nie hatte er eine derartige Nacht erlebt; sein Wunsch nach einem festen Partner wurde übermächtig.

„Ich vermisse dich." Es war nur ein Flüstern, aber das Gefühl erfasste Tobys ganzen Körper. Ja, Gavin hatte ihn gebeten, für immer bei ihm zu bleiben, doch vor diesem Schritt war er zurückgeschreckt. Sein ungewöhnlicher Gastgeber hatte eine sofortige Entscheidung von ihm gefordert und das war ihm zu spontan gewesen. „Ich war so dumm! Warum habe ich nicht zugesagt?"

„Tobias!", hörte er plötzlich einen Schrei und seine Mutter stürzte auf ihn zu, um ihn zu umarmen. Zu seinem Erstaunen hatte er in kürzester Zeit einen großen Pulk Leute um sich herumstehen, die ihn mit aufgeregten Fragen bombardierten und ihn an sich drückten.

„Wo hast du dich herumgetrieben, Junge?" Seine Oma schaute Toby mit großen Augen an, als sie ihm den schwarz-weißen Kater in den Arm drückte, der seinen Kopf sofort schnurrend an ihm rieb. „Du bist so lange weg gewesen, wir haben alle gedacht, dir wäre etwas passiert. Erst nach drei Tagen haben wir nach Sascha gesehen, er war halb verhungert. Ich habe den armen Kerl dann bei mir aufgenommen", erklärte sie und streichelte das Tier liebevoll.

„Ein Jahr und einen Tag bin ich weggewesen?." Toby kraulte Sascha nachdenklich hinter dem Ohr. Es war ihm vorgekommen, als wäre er nur eine einzige Nacht bei Gavin geblieben, darum hatte er gar keine Zeit gehabt, seinen tierischen Freund zu vermissen.

Oma nickte und sagte dann versonnen wie zu sich selbst: „Man könnte denken, die Feen hätten dich geholt."

„Was sagst du da?" Tobys Augenbrauen gingen erstaunt nach oben.

„Die Zeit vergeht anders in ihrem Reich. Ja kennst du denn die alten Geschichten nicht, die man sich erzählt?", fragte sie und klopfte auf das Sofa neben sich. „Dann setz dich mal hin …"

Gavin seufzte und verwischte den Nebel. Schon zur Wintersonnenwende, kurz vor dem Fest, das die Menschen dieser Breiten Weihnachten nannten, würde er die Barriere wieder überwinden können und Toby in die Arme schließen.

Er hoffte, sein Süßer würde sich sein Angebot bis dahin überlegen, denn ganz sicher wäre Toby nicht scharf darauf, ein weiteres Erdenjahr für einen Kurzbesuch zu verpassen.

„Ordne dein Leben, verabschiede dich von deinen Freunden und deiner Familie … dann komme zu mir zurück und bleibe für immer – diesmal *mit* deinem Kater." Schmunzelnd dachte Gavin daran, dass Toby ihn aus Liebe zu seinem Schmusetiger verlassen hatte. „Mich gibt es nicht ohne Sascha" waren seine Worte gewesen.

Leider musste Gavin sich weiter in Geduld üben. Er spielte lächelnd mit dem Feuerbällchen und warf es in die Luft. Doch schon bald würde er Toby ein Zeichen geben.

Blutrausch

Noch nie in seinem Leben

hatte er weniger vom Tod geträumt.

Borya hielt die Nase in die Luft und prüfte die Witterung. Mit einem leisen Winseln quittierte er das Ergebnis. Er folgte der magischen Fährte, die er bereits in den Tiefen der sibirischen Wälder aufgenommen hatte. Sie war eine Mischung aus Gerüchen und dieser feinen goldenen Spur, die nicht jeder wahrnehmen konnte. Als der Ruf ihn erreichte, war er sofort aufgebrochen. Trotz Smartphone war er auf dem „alten Weg" und ohne GPS-Koordinaten zu ihm gekommen.

War es seine Bestimmung zu gehorchen, wie es ihm seine Mutter immer wieder eingebläut hatte? Schon sein Vater war davon überzeugt gewesen, es wäre für ihn vorgesehen, dem hohen Meister zu dienen, darum hatten seine Eltern ihm diesen Namen gegeben: Borya, der Krieger.

Seitdem wurde Borya daran erinnert, wann immer ihn jemand rief, doch er hatte dafür gesorgt, dass dies selten genug vorkam. In der Taiga fühlte er sich wohl, mit nichts als dem Himmel über sich und dem Flüstern der Bäume in den Ohren. Für seine feinen Sinne brauchte er nicht mehr Reize, es wurde ihm schnell zu viel. Dafür verzichtete er auch gern auf die Bequemlichkeit seines Heims, bis er wieder ausreichend geerdet war.

Ein Rabe hatte ihm die Nachricht überbracht, sein „Herr" verlangte ihn zu sehen. Doch Borya war unabhängig, es war seine Entscheidung, ob er gehorsam war oder den Befehl einfach überhörte. Nur leider beschlich ihn das Gefühl, er würde von einer stillen Macht geleitet, und vorerst hatte er sich auf den Weg gemacht.

„Ihr habt euer Leben dafür gegeben", flüsterte er, nachdem er seine menschliche Gestalt angenommen hatte. Es fühlte sich ungewohnt an, wieder sprechen zu können, darum erprobte er seine Stimme sogleich. An der Grenze zur Zivilisation war es jederzeit möglich, auf Wanderer oder Hirten zu treffen. „Was hat euch so sicher gemacht, das Richtige zu tun? Und warum nagen solche Zweifel an mir?"

Durch Rangkämpfe, die nicht enden wollten, hatten seine Eltern Borya die Stellung im Rudel gesichert. Jetzt stand er ganz an der Spitze, doch er hatte dieses Erbe schon oft verteidigen müssen. Selbst in der Einsamkeit der Wälder hatten ihn seine Rivalen gefunden, um ihn herauszufordern. Nachdenklich betrachtete Borya die Narben, die sich von den Händen aus über seinen ganzen Körper zogen. Die meisten waren Bissspuren. Insgeheim wusste er, dass er sich auf diesen Auftrag vorbereitet hatte, den sein König ihm erteilen würde. Wozu sonst war er keinem Kampf ausgewichen, obwohl er nicht der Leitwolf sein wollte?

Für einen Moment schloss Borya die Augen und genoss seine Nacktheit. Sein Haar war lang, er fasste es im Nacken zu einem dicken Zopf zusammen, um dann ein Lederband herumzulegen. Gegen den Bart war er gerade machtlos, aber seine restliche Haut war zum Glück nicht übermäßig behaart. Der Wind umspielte seinen durchtrainierten Leib, umschmeichelte ihn kühl.

Er hasste es, Kleider zu tragen, sie engten ihn ein. Außerdem verhinderten sie eine spontane Verwandlung, was für ihn gefährlich werden konnte. Darum bedachte er das Bündel, das er zuvor aus dem Versteck geholt hatte, mit einem vernichtenden Blick. Es enthielt lässige Klamotten und alles, was er benötigte. Von diesen Depots hatte er für den Notfall mehrere angelegt. Geld stand ihm ausreichend zur Verfügung, er brauchte nur eines der kleinen Plastikkärtchen, um sich die Welt zu ebnen. Dafür besaß er einen ganzen Stapel Kreditkarten.

Schwieriger würde es mit der Fährte werden. Sollte er weiter der magischen Witterung folgen? Borya wusste instinktiv, dass er nach Großbritannien musste. Zwischen seinem Standort und dem Ziel lagen entweder viele Kilometer Land oder Wasser. Mit dem Ural im Rücken, war er nicht weit entfernt von Moskau, also entschied er, bis nach London zu fliegen. Auf halbem Weg lag Nishnij-Nowgorod, auch von dort konnte er eine Maschine bekommen, wenn er nicht so hohe Ansprüche an den Komfort stellte. Schon bald würde er englischen Boden betreten.

*

„Kannst du sehen, ob meine Fänge schon durchbrechen?", nuschelte Hob, während er den Mund weit öffnete und dem Kerl, bei dem er auf dem Schoß saß, seine Zähne zeigte. Hob war ein stolzer Vampir, doch leider musste er noch den Silberdorn seines Rings benutzen, wenn er ein paar Tropfen Blut ergattern wollte. Bei seinen Begleitern durfte er nicht naschen, dafür war er ihre Quelle, wann immer sie wollten. Manchmal konnte Hob zumindest ein wenig an ihren Mahlzeiten teilhaben. Es gierte ihn nach einer warmen Schlagader.

„Geh mir nicht auf den Keks, Goblin. So einer Kröte wie dir wachsen keine Fänge", grunzte der Mann mit dem weiß gefärbten Haar und lachte mit seinen Kumpanen. Dimitri war sein Name, genannt Dimi. Eigentlich mochte Hob ihn ganz gern, deshalb taten seine Worte weh.

„Ich wäre beinahe dafür gestorben, ein Vampir zu werden. Mach dich nicht lustig über mich", grummelte er und donnerte Dimi seine Faust ans Kinn. Das tat gut! Er hatte es satt, ständig das Ziel ihres Spotts zu sein.

Nachdem er den König endlich gefunden und sich seinem Gefolge angeschlossen hatte, entdeckte Hob schnell die Vorzüge der Gesellschaft anderer Blutsauger. So musste er sein Temperament nicht zügeln und konnte die Wut herauslassen, die ihm den Arsch gerettet hatte, als er in Londons East End aufgewachsen war. Das war besser als jede Therapie zur Aggressionsbewältigung. Hobs Rechte war nicht von Pappe, doch er schickte hier niemanden zu Boden, sie lachten ihn nur aus. Einen Springerstiefel in die Weichteile zu bekommen, fanden aber auch Vampire nicht witzig.

„Pass lieber auf dein bisschen Leben auf. Du kannst es hier sehr schnell verlieren … außerdem stirbt jeder als Mensch, um die Verwandlung zu vollziehen. Hättest du den Löffel mal abgegeben, statt dich daran festzukrallen", sagte Dimi schmunzelnd und schob Hobs Monokel hoch, um ihm in beide Augen sehen zu können.

„Weißt du, du solltest dich lieber waschen, statt dir Smokey Eyes zu schminken. Du weißt doch, wie fein unsere Nasen sind." Sanft streichelte er Hob über die Wange und brachte ihn zum Erschaudern. Dann spielte Dimi mit seinen langen Dreadlocks. „Heute gehörst du mir, ist das klar, kleiner Steampunker? Ich will deinen Hintern und dein Blut."

Hob nickte ergeben. Wie sehr hoffte er, der König würde ihn doch noch für sich beanspruchen, aber stattdessen wurde er in seinem Hofstaat herumgereicht. Und es war längst nicht jeder der Vampire so umgänglich wie Dimi, darum konnte er von Glück sagen, ihm die Nacht versüßen zu dürfen.

Darius Romanow, ein vergessener Spross des alten Zarengeschlechts, wollte nichts von ihm wissen. Verstohlen betrachtete Hob den König, der gerade aus dem Wohnwagen mit den abgeklebten Scheiben getreten war. Sein Gesicht war männlich und ebenmäßig, es wurde umrahmt von langem schwarzem Haar, das sich bis weit über seinen Rücken ergoss. Der Rabe nahm flatternd Platz auf der Schulter seines Herrn.

Nur zu gern hätte Hob gewusst, wo Darius seinen Stammsitz hatte. Sicher residierte er irgendwo, wie es einem Monarchen zustand – ein Romanow war kein

Herumtreiber. Allein seine Erscheinung in den edlen Brokatklamotten war stilvoll. Hob wurde immer neugieriger auf den Mann. War er ein normaler Vampir oder ein Vampirgott? In Begleitung des schwarzen Vogels wirkte er wie ein wunderschöner dunkler Odin: alt, weise und mächtig.

Wenn sein König mal genauer hingesehen hätte, würde Hob einen exotischen Gespielen für ihn abgeben. In Samt und Seide machte er sich wirklich gut. Das wollte Hob ihm zeigen. Er wusste sich geschmeidig zu bewegen und sein Blut war ... köstlich. Darius musste endlich erkennen, dass er viel zu schade für seine Lakaien war.

*

Borya trat aus dem Flughafen und suchte sich eine abseits gelegene Stelle, wo er für einen Moment Ruhe haben konnte. Prüfend hielt er die Nase in den Wind und amüsierte sich darüber.

„Schnüffel nur." Er verzog die Lippen zu einem grimmigen Grinsen. Das war ein Grund, warum er die Gesellschaft der Menschen normalerweise mied. Es brachte nichts, seine Instinkte unterdrücken zu wollen, sie kamen so oder so durch. Wenn er sie gewähren ließ, kostete es ihn weniger Anstrengung. Natürlich musste sein Verhalten den Umstehenden merkwürdig erscheinen, aber das war ihm egal.

In diesem Fall half ihm das Abtasten des Geruchs wenig, die Witterung war verloren, er musste sich anderer Sinne bedienen. Vielleicht konnte er den magischen Teil des Rufs „sehen". Er schloss die Augen und konzentrierte sich. Doch im nächsten Moment fuhr er knurrend herum und hielt einen jungen Mann am Arm fest.

„Was wolltest du stehlen, Langfinger?", fragte er grollend und starrte den Kerl an. Boryas Atem hatte sich beschleunigt. Mit seinen zwei Metern Körpergröße musste er beeindruckend wirken.

„Nur deinen Rucksack." Das Entsetzen in den Augen des Burschen war echt. Hatte Borya sich zu schnell bewegt? Sah man den Zorn auf seinem Gesicht? In den letzten Jahren hatte es immer bedeutet, einen Widersacher in die Flucht schlagen oder gar töten zu müssen, wenn jemand in sein Territorium eindrang. Es fiel Borya schwer, sein Temperament im Zaum zu halten.

„Ich sollte dich als Geschenk mitnehmen, du bist wahrscheinlich eine willkommene Mahlzeit für Blutsauger", knurrte er und beobachtete, wie aus der Angst des kleinen Diebs die reinste Panik wurde. Der Kerl wand sich in seinem Griff, konnte sich aber nicht befreien. Passanten schauten zu ihnen herüber und Borya erntete anerkennende Blicke. Anscheinend deuteten sie die Situation halbwegs richtig, trotzdem schüttelte er den Kopf über diese Vorurteile. Vielleicht brauchte der Kleine Hilfe. Das war sogar wahrscheinlich.

„Mein Name ist Mahir. Du bist kein Armer, du hättest es überlebt, wenn ich diesen Fang gemacht hätte. Oder trägst du deine Reichtümer mit dir herum?" Der Bursche war wohl zu der Erkenntnis gekommen, Borya wäre verrückt. Frech schaute er ihn an und wirkte wieder furchtlos. Mahir war jetzt im Kampfmodus – ohne Zähne, also keine Bedrohung.

Borya hatte schon oft mitverfolgt, wie in einem Mann diese Wandlung vonstattenging, als wäre ein Schalter umgelegt worden. Würde er seinem hübschen Gefangenen zwischen die Beine greifen, geriete selbst so ein alter Zausel wie er in Paarungsstimmung. Das war eine noch machtvollere Einstellung auf der Erregungsskala. Was löste diese Veränderungen aus? Gab es wirkliche Freiheit überhaupt, wenn Hormone das Verhalten steuerten? Es kamen immer mehr Faktoren dazu, die ihn daran zweifeln ließen.

„Schieb ab, solange du noch kannst", brummte Borya und entließ Mahirs Handgelenk aus seiner Umklammerung. Die Ausdünstungen des jungen Burschen kitzelten etwas tief in ihm, das wohl nicht die Höflichkeit besessen hätte, zu fragen. Wenn Mahir weiter seine triebhafte Seite ansprach, gab es kein Zurück mehr. Ob der Kerl Männern zugetan war, wäre dann zweitrangig, schon zu lange hatte Borya keinen Gespielen mehr gehabt.

„Danke", tönte Mahir und schaute ihn triumphierend aus seinen dunklen Augen an. Mit dem südländischen Teint gefiel er Borya recht gut, sicher gäbe das Bürschchen einen leckeren Appetithappen ab. Eine ungestörte Ecke würde sich schon finden lassen, um ihm die sibirische Wildheit zu demonstrieren.

„Verschwinde!"

„Warum sollte ich das tun? Willst du mich anzeigen?"

Was versprach sich Mahir von seinem Verhalten? Wollte er ihn doch noch bestehlen? Ganz sicher sah

Borya nicht danach aus, als wäre viel bei ihm zu holen. Er hatte seine Jeans und das Shirt anbehalten, nur die Sneakers hatte er durch Springerstiefel ersetzt. Nach einem Frisörbesuch sahen seine Haare halbwegs zivilisiert aus. Natürlich trug sein Gesicht schon wieder Stoppeln, aber die lange Mähne würde für einige Zeit gebändigt bleiben.

War das Ergebnis ansprechend genug, Mahirs Verlangen anzustacheln? Der Kleine musterte ihn, als wäre er nicht uninteressiert; die Pheromone, die er verbreitete, unterstrichen dies in einer noch deutlicheren Sprache. Doch Borya würde nicht sanft sein. Es wurde Zeit, Mahirs gesunden Menschenverstand zu wecken.

„Weil ich ein Tier bin ... und hungrig", sagte Borya, wobei er ein tiefes Grollen aus seiner Brust hinterherschickte.

„Du bist doch ... wahnsinnig!"

Das Entsetzen in Mahirs Blick war wieder da. Aus weit aufgerissenen Augen starrte er Borya an. Dann kam Bewegung in ihn und er drehte sich blitzschnell von ihm weg. Endlich nahm der Kerl die Beine in die Hand, er rannte um sein Leben. Der Langfinger war ein guter Läufer, das musste Borya ihm lassen. Zu seiner Belustigung traute sich Mahir nicht mehr, sich umzuschauen.

„Schlauer Bursche." Wahrscheinlich hatte er in seine Raubtieraugen gesehen, ihre Wandlung konnte Borya nicht immer steuern.

Nachdem Mahir weg war, hatte Borya sich in das Flughafen-Café gesetzt und sich gestärkt. Er war wirklich hungrig gewesen. Mit knurrigem Magen war er noch viel weniger zu genießen, als es ansonsten der Fall war. Im Allgemeinen war er der Einzige, der seine Gesellschaft ertrug, nachdem seine Eltern gestorben waren. Noch nicht einmal einen Gefährten hatte er über längere Zeit halten können.

Unwillkürlich musste Borya schmunzeln. Es war schon paradox, ein großes Revier für sich zu beanspruchen und dabei keinen Gleichwertigen neben sich zu dulden. Seine Liebhaber hatten sich immer aus den besiegten Gegnern rekrutiert, die einfach noch eine Weile bei ihm blieben, um die Niederlage zu verdauen und ihre Wunden zu lecken. Borya hatte keinen von ihnen wirklich gewollt, darum war es nicht sein Recht, sich über Einsamkeit zu beschweren.

Jetzt hätte er einen ruhigen Moment gebrauchen können. Borya hatte sich in die hinterste Ecke verzogen, aber ein Mann wie er konnte sich in einem belebten Café nicht verstecken. Dauernd wurde er taxiert und angelächelt. Gerade Frauen verhielten sich eigenartig, wenn sie ihn sahen, doch auch einige Kerle mutierten zu Mädchen. Zum Glück wagte es niemand, ihn anzusprechen.

„Offenbare mir den Weg zu dir", murmelte er, während er die Augen geschlossen hatte und seine Umgebung ausblendete. Der Ruf eines Rudelmitglieds hätte ihn geführt wie an einer dünnen Leine, aber der König der Vampire war kein Teil seiner Familie. Borya war nicht gewillt, ihn so einfach als seinen Meister anzuerkennen, vorher musste sich dieser Darius Romanow seinen Respekt verdienen.

Langsam schaltete er runter und richtete seine Aufmerksamkeit auf sein Ziel. Nach einiger Zeit nahm Borya einen feinen goldenen Strich wahr, nach dem er seinen inneren Kompass ausrichtete. Seine Reise ging weiter nach York. Dorthin hatte es die Bande also verschlagen. Sobald er in der Nähe war, konnte Borya die direkte Fährte wieder aufnehmen.

*

Es war ein eigenartiges Leben. Hob kroch aus dem Ein-Personen-Caravan, den Dimi zu einem fahrenden Sarg umfunktioniert hatte, um ihn mit seinem Motorrad ziehen zu können. Gleich würde der Tag beginnen. Hob musste ihn allein verbringen, weil seine Begleiter schliefen. Oder besser: Sie fielen in eine Starre, in der sie schon etwas mitbekamen, sich aber kaum bewegen konnten. Irgendwie creepy, wie lebende Tote. Hob versuchte möglichst, einen anderen Schlafplatz zu finden, weil er sich nicht an einen kalten Körper kuscheln mochte.

„Willst du wirklich so sein?" Seine Haut war warm, er schwitzte … und müffelte, wie Dimi ihm freundlich zu verstehen gegeben hatte. Was stimmte nicht mit ihm? Zu seinem Ärger war Hob noch immer sehr menschlich, aber irgendwann musste seine Wandlung doch einsetzen. Nur manchmal bezweifelte er, auf alle Attribute eines Blutsaugers scharf zu sein. Die Zähne hätten ihm ausgereicht. Solange sie fehlten, kam er sich schwanzlos vor …

„Fuck!", flüsterte er, als er Darius Romanow bemerkte, der ihn nachdenklich musterte. Hob war nackt, er hatte nur sein Kleiderbündel an sich gedrückt, das er im See waschen wollte. Dafür stand der König neben seinem Wohnwagen und sah im Dämmerlicht wirklich majestätisch aus. Er schob einen jungen Burschen vor sich durch die schmale Tür und Hob hätte fast geseufzt. Was dieser Mensch gleich erleben würde, wünschte er sich schon so lange.

Darius lächelte und zeigte auf Hobs Kopf, wo er sich das Monokel auf die Stirn geschoben hatte, als wäre er ein Einhorn. Es schien seinem Gebieter zu gefallen, er zeigte zumindest einen Anflug von Humor. Der Rabe auf seiner Schulter schwang sich in die Luft und flog auf Hob zu, um nach der glänzenden Linse zu picken. Fluchend wehrte er die scharfen Krallen ab. Das tat dieses Vieh immer, dafür würde es irgendwann an einem Drehspieß landen.

Eines stimmte Hob jedoch milde: Der König hatte ihn beachtet. Hoffnung keimte in ihm auf. Aber Darius grinste nur und schloss die Tür hinter sich, während der Vogel schnarrend davonflog.

Missmutig kramte Hob seine Tasche aus Dimis eiförmiger Behausung, um sich die Haremshose mit dem breiten bestickten Bund herauszusuchen. Leider besaß er nicht allzu viele Klamotten, was für einen Freund des Steampunks eigentlich undenkbar war. Er liebte wechselnde Kostüme, hatte aber so gut wie alles in seiner Londoner Wohnung zurücklassen müssen.

Hob schloss den improvisierten Sarg sorgfältig. Es war besser, niemanden aus Versehen vom Sonnenlicht grillen zu lassen, und wenn, sollte es nicht ausgerechnet Dimi treffen. Er seufzte und schaute sich um.

Der Weg zum See war nicht weit, es war nur noch nicht hell genug, um den kleinen Trampelpfad problemlos erkennen zu können. Hobs Sehkraft hätte auch sehr viel besser sein müssen, solange das Licht noch fehlte. Darius sollte ihn beißen und ihm dann von seinem Blut zu trinken geben. Sein Vampirgift würde ihn wandeln, ganz ohne Zweifel, ansonsten schien er immun gegen das Zeug zu sein.

„Ich bin dir nicht gut genug", brummelte Hob vor sich hin, als er sich den Weg durch das Gestrüpp bahnte und dann endlich auf den Pfad stieß. Schon bald watete er ins Wasser und begann, sein Hemd mit der Seife zu bearbeiten. Kalt war es; Hob konnte es nicht lassen, vor sich hinzuknurren.

*

Borya hob den Kopf, als er an dem See angekommen war. So groß konnte das Gewässer nicht sein, denn er nahm die Witterung noch immer deutlich wahr. Sollte er schwimmen? Er hatte Lust auf ein Bad, eine Erfrischung wäre ihm gerade recht gekommen. Aber dann hätte er seinen Rucksack durchs Wasser ziehen müssen und ihm fehlten die Wechselklamotten. Wie ein nasser Köter wollte er seinem angeblichen König nun auch nicht unter die Augen treten.

Da der Morgen gerade erst begann, hatte Borya den Tag zu seiner freien Verfügung, bevor Romanow die Welt mit seinem Glanz beglückte. Viel Zeit, sich dem planschenden Etwas auf der anderen Seeseite zu widmen, das diesen betörenden Duft von sich gab. Es war ein nackter Kerl, so viel wusste Borya schon.

Doch er verwehrte sich noch, genauer hinzusehen, um ihn aus der Nähe genießen zu können.

Er verfiel in einen gemächlichen Schritt, sein Ziel war bereits erreicht, also konnte er sich ohne Eile nähern. Gehörte dieses Bürschchen zum Hofstaat? Romanow war bekannt dafür, sich immer ein paar menschliche Gespielen zu seinem Amüsement zu halten. Als Snackbox und mehr. Der Ruf eilte ihm voraus.

Als Borya eine gute Aussicht hatte, blieb er stehen und verbarg sich im dichten Buschwerk. Am restlichen Ufer gab es nur noch Schilfbewuchs, der ihn nicht verdecken konnte. Sein Körper spannte sich, jeder Muskel war in Bereitschaft und vibrierte. Hoffentlich hatte er sich ebenso unter Kontrolle, wie bei dem kleinen Taschendieb, nur bekam er hier gleich wesentlich mehr geboten.

Für einen Moment hatte er den Mann im See für eine Frau gehalten, doch der zweite Blick offenbarte einen gut gebauten Kerl mit langen Dreadlocks. Die Kopfseiten waren kurz geschoren und man konnte dort schön geschwungene Tattoos sehen, die über den Nacken liefen und sich zu einem weiteren Bild auf dem Rücken trafen. Sehr ästhetisch. Borya mochte farbige Haut, obwohl er selbst keine Tätowierungen trug. Er war ein Wolf, das war nichts für ihn.

Das Gesicht des Burschen war männlich, ein kleines Kinnbärtchen unterstrich dies noch. Aber warum zogen sich dunkle Streifen über seine Wangen? Hatte er sich die Augen geschminkt? Das war ungewohnt, aber interessant.

Ein dunkles Grollen baute sich in Boryas Bauch auf. Sein Schwanz pochte und drückte sich gegen den Stoff der Jeans. Dieser Urtrieb war fast nicht mehr beherrschbar; kaltes Wasser konnte ihn vielleicht ein wenig beruhigen. Das Muskelspiel am nackten Oberkörper dieses Kerls zu beobachten, während er sein Hemd wusch, brachte Boryas Blut jedenfalls zum Kochen.

Er schnupperte prüfend an seiner Achsel und befand, sein Shirt hätte ebenfalls besser riechen können. Borya wollte die Badenixe mit seinem kräftigen Duft nicht verschrecken. Wäre der Bursche ein anderer Wolf, würde er gleich den Schwanz winselnd einkneifen oder käme mit einer Prachtlatte auf ihn zu. Boryas Paarungsbreitschaft war kein Geheimnis.

Knurrend rieb er sich über den Schritt und hängte sich seinen Rucksack über die Schulter, um weiter an der Uferböschung entlangzulaufen. Sein Ziel ließ er für keinen Moment aus den Augen.

„Oh fuck!", entfuhr es Hob, als er einen Riesen von Mann aus den Augenwinkeln sah, der zielstrebig den Platz ansteuerte, wo er seine Sachen deponiert hatte. Wer war das? Und warum schaute der Fremde sich seine Klamotten so genau an?
Die Weste war ebenso aus Leder wie seine Armstulpen und die Halsmanschette, darum durfte nichts davon nass werden. Zumindest dauerte es mit dem Trocknen und das Material wurde brüchig. Das waren die wenigen geliebten Steampunk-Accessoires, die Hob mitgebracht hatte. Sein Monokel lag obendrauf.

Wenn dieser Eindringling ihn beklauen wollte, würde er trotz seiner imponierenden Körpergröße einen wütenden Derwisch erleben, der aus dem Wasser sprang. Nackt! Hob hatte gelernt, sich nicht die Butter vom Brot nehmen zu lassen.

„Wa...?", wollte er gerade rufen, als der Kerl seine Jeans aufknöpfte, sie herunterrutschen ließ und dann herausstieg. Der Laut blieb Hob förmlich im Hals stecken. Das waren mindestens zwei Meter Testosteron ... mit einem prallen Schwanz, der ihn an Flucht denken ließ. Warum verdammt machte sich jemand unten herum frei, um dann mit T-Shirt in einen See zu waten?

Nervös leckte sich Hob über die Lippen und schaute sich um. Sie waren mutterseelenallein bis auf die lebenden Toten in den Rollsärgen, die schliefen und nichts hören würden, wenn er um sein Leben schrie.

Der Monsterständer verschwand aufreizend langsam in den Fluten. Dabei wurde der weiße Stoff des Shirts durchsichtig und klebte an einem ausgeprägten Sixpack. Hob schluckte, das war heiß. Sein Mund wurde schlagartig trocken.

Shit! Erschreckt stellte Hob fest, dass er erhöht auf einer kleinen Sandbank stand. Er schaute an sich herunter und sah seine eigene Erektion wie ein Sehrohr aus dem Wasser ragen, die Eichel war rot und glänzend. Da hätte er auch eine „Fick mich"-Fahne schwenken können. Ein paar hastige Schritte rückwärts ließen das Signal abtauchen, aber Hob kam ins Stolpern und wedelte mit den Armen, um das Gleichgewicht zu behalten.

„Verfluchter Hurensohn!" Noch während er nach hinten fiel, sah er, wie der Riese vorhechtete. Das Seifenstück flutschte Hob aus der Hand und flog ein Stück, bevor sie beide gemeinsam in den See platschten und untergingen.

„Lass mich los", schrie er dem Mann ins Gesicht, als er in seinen Armen zappelte. Der Körper war so groß und warm, Hob war versucht, sich an ihn zu schmiegen. Was ihn davon abhielt, war der Mörderschwanz, der sich in seinen Bauch bohrte.

Atemlos starrten sie sich in die Augen. Vorher hatte Hob nur die untere Hälfte beachtet, jetzt konnte er den Blick nicht von dem lebhaften Grün lassen. Dort tanzten amüsierte Funken. Langes Haar ringelte sich über eine breite Brust, dann waren da noch ein Dreitagebart und ein breites Grinsen.

„Ganz ruhig, kleiner Tollpatsch. Ich habe deine Seife vor dem Ertrinken gerettet."

Der Kerl wich keinen Millimeter zurück. Er griff in Hobs Haar und schäumte ihm wie selbstverständlich die Dreads ein. Seine Bewegungen waren routiniert und sicher, dieser Mann war es nicht gewohnt, dass man seine Worte oder Taten infrage stellte. Das reizte Hob.

„Mein Name ist Hob Goblin", knurrte er und drückte dem Riesen nun seinerseits die Erektion gegen den Unterleib. Einfache Größe imponierte ihm wenig, darum hob er frech das Kinn, ohne den Blickkontakt abzubrechen.

Doch dieser warme verführerische Fels sagte gar nichts. Hob spürte die unbändige Kraft, die er nur mühsam zurückhielt. Der Kerl schluckte krampfhaft und streichelte ihm die Zöpfe aus dem Gesicht, um dann mit den Fingerspitzen der Kieferlinie zu folgen und seinen Kopf ein wenig zu drehen.

„Wer hat dir das angetan?", fragte er tief und grollend, womit er Hob zum Beben brachte. Sprach er von den Bissmalen? Nein, sicher meinte er das feine Netz heller Narben, das sich über Hobs Kehle und eine Halsseite zog. Das versteckte er normalerweise unter einer breiten Manschette aus Leder.

Jetzt war es an Hob, hart zu schlucken. „Ein Freak mit implantierten Zähnen hat mir die Schlagader zerfetzt." Er zitterte, denn urplötzlich wurde ihm kalt. Fassungslos starrte er auf seine Hand, die wieder das glitsche Seifenstück hielt. Das waren Reflexe ...

Dann spürte er die Lippen des Mannes dort, wo die Wunden gewesen waren, ganz sanft strichen sie darüber und folgten mit kleinen Küssen den Linien. Eine heiße Welle durchrieselte Hob, die Arme hatten sich um ihn gelegt, während die Liebkosungen ihn erneut zum Zittern brachten. Sein Herz schlug zum Zerspringen.

Nicht weniger zärtlich leckte ihm der Kerl nun über die Wange. Hob konnte nicht anders, als die Augen zu schließen und den Mund zu öffnen, nachdem die Zunge ihn fordernd angestupst hatte. Der Geschmack von Wildheit überraschte ihn, er war angenehm und leicht animalisch. Seine Sinne wurden lebendig bei diesen Reizen. Was geschah mit ihm?

„Borya", flüsterte ihm der Riese ins Ohr, tief stöhnend und voller Sehnsucht. Eine Gänsehaut breitete sich an Hobs Hals aus. War das sein Name?

Willenlos ergab er sich diesen großen Händen, die nun seinen Körper erforschten. Die Seife hatte Borya wieder an sich genommen und wusch ihn jetzt überall. Als er das Stück zwischen seinen Backen rieb, klammerte sich Hob verlangend an ihn. Die kräftigen Schenkel hielten ihn und Borya konnte sein Gewicht ohne große Mühe tragen. Beinahe verträumt schob er ihm zwei Finger hinein und Hob umschlang ihn mit den Beinen, um darauf zu reiten. Der Schaum unterstützte die gleitenden Bewegungen. Immer wieder hob und senkte er sich, fühlte, wie sie tiefer in ihn eindrangen. Es war schön, derart erobert zu werden.

„Ich bin hungrig", raunte ihm Borya rau zu. Hob erschrak für einen Moment, denn die Augen glitzerten ihn jetzt bernsteinfarben an. Ihr Ausdruck war furchterregend, trotzdem vertraute er ihm, denn er kannte diese Wildheit von den Vampiren. Was war Borya? Es war ein besonderer Kitzel, mit dem Feuer zu spielen. Aber dann stöhnte Hob auf; so einen Schwanz hatte er noch nicht gespürt.

„Langsam ... bitte!", keuchte er, als ihn schon die Eichel weit dehnte. Erstaunt bemerkte Hob, dass Borya sofort innehielt und stattdessen seinen Mund mit der Zunge verwöhnte. Dieser betörende Geschmack flatterte erneut über seine Lippen; danach hätte Hob süchtig werden können. Erst, als er sich selbst dem Schaft entgegendrängte, stieß Borya tiefer in ihn. Hob fühlte die Kraft seiner Lenden und verging fast vor Verlangen, sie endlich ungebändigt zu empfangen. Er war ausgefüllt und empfand eine Leere, wann immer sich die Härte aus ihm zurückzog.

Fest gruben sich Hobs Hände in die dichten Haare. „Nimm mich endlich, verflucht!"

Borya lachte leise. Dann trug er ihn ans Ufer, wo er ihn auf ihre Kleider legte.

„Hoch mit deinem kleinen Hintern!", befahl er und Hob kam dem sofort nach, präsentierte sich ihm mit weit gespreizten Schenkeln. Als sich Boryas Zähne um seine Kehle schlossen, warf er den Kopf in den Nacken und stöhnte auf. Das Blut rauschte in seinen Ohren.

Dieser Mann war eine Naturgewalt! Hob kam kaum noch mit dem Atmen hinterher. Boryas Körper bedeckte ihn und hielt ihn in Position, während er von den machtvollen Stößen durchgeschüttelt wurde. Eine solche Sehnsucht nach Nähe hatte ihn noch nie befallen, Hob gab sich hin und nahm alles, was Borya ihm zu bieten hatte.

„Komm schon, kleiner Kobold", keuchte der Kerl und es klang beinahe wie ein Befehl.

Jaaaa, oh ja. Seine Bitch würde alles zusammenschreien. Die Hitze in Hobs Körper verdichtete sich mehr und mehr, seine Eingeweide brannten lichterloh. Die Zuckungen rissen ihn mit, als er Boryas Sperma spürte, und er ließ seiner Leidenschaft freien Lauf.

*

Behutsam leckte Borya über Hob Goblins Gesicht. Der Salzgeschmack kitzelte seine Zunge und er verdankte es seiner Natur, sie furchtbar gern zu benutzen. Stöhnend hatte sich Hob gewunden, als er ihn säuberte, um dann in seinen Armen einzuschlafen. Borya hatte ausreichend Gelegenheit gehabt, den Burschen zu beschnüffeln und ihn in seiner Ganzheit wahrzunehmen. Jetzt wurde er langsam ungeduldig.

„Ich sollte dich Leschij nennen. Du riechst gut und wohnst in den Wäldern. Sicher hast du eine Menge Schabernack im Sinn", sagte Borya laut und lächelte, als Hob ihn verschlafen ansah. „Dir gehören die Tiere und die Bäume."

„Tun sie das?" Hobs Gesichtsausdruck war zum Anbeißen, er wirkte gerade besonders verletzlich und weckte Boryas Beschützerinstinkt.

„Hast du schon etwas gegessen? Diese Blutsaugerbande denkt nur an sich selbst. Füttern sie dich gut, wenn sie sich von dir nähren?"

Gefühlsduselei war Borya zuwider, in solchen Dingen war er nicht gut. Es schmeichelte ihm zwar, wenn Hob sich an ihn kuschelte, aber er bevorzugte es, ihn auf Abstand zu halten. Trotzdem war der Kerl lecker und reizte ihn sehr. „Du brauchst etwas in den Bauch. Ich kann jagen gehen."

„Du klingst so, als wäre ich hier das Haustier", grummelte Hob und runzelte die Stirn. „Es kann sein, dass noch ein paar Konserven da sind."

Borya roch seinen Ärger, darum verkniff er sich den Kommentar mit dem Hundefutter. Seine Nahrung mochte er frisch; später würde sich die Gelegenheit ergeben, ein paar Kaninchen zu reißen. Im Zweifelsfall brauchte er Fleisch und die einfachste Art, es sich zu beschaffen, war auf vier Pfoten.

„Musst du warten, bis dir jemand den Napf füllt oder bedienst du dich selbst?" Borya konnte es nicht lassen, der Gedanke, wo Hobs Platz in Darius' Hofstaat war, gefiel ihm ganz und gar nicht. Wenn er ihr Anhängsel war, blieben da nicht viele Möglichkeiten. Für Borya war er zu schade, um im Amüsierviertel verheizt zu werden.

Hobs Augen wurden dunkel vor Zorn, da hatte er wohl einen wunden Punkt getroffen. „Wer und was bist du? Warum bist du hier? Und kannst du mehr, als den Zauberstab und eine spitze Zunge schwingen?", fragte Hob leise, während er in eine Hose schlüpfte, die aussah, als wäre er der Tempeltänzer in einem Harem. Der breite Bund saß verdammt tief. Sodom und Gomorra, dieser Kerl war die pure Versuchung. Borya knurrte.

„Der König hat mich gerufen. Allerdings nicht als Appetithäppchen."

Wütend fuhr Hob zu ihm herum. „Ich bin ein Vampir! Meine Fänge sind nur noch nicht durchgebrochen, aber die Wandlung wird bald einsetzen."

Borya schnupperte, doch er nahm nur Hobs betörenden Menschenduft wahr. Dieser Mann war ganz sicher kein Blutsauger. Wahrscheinlich suchte er einen Platz, wo er hingehörte, und zahlte jeden Preis, um geduldet zu werden. „Wer hat dich zu einem Kind der Nacht gemacht?"

Für einen Moment schaute der kleine Kobold ihn unergründlich an und Borya spürte die Kälte, die von ihm ausging. Hob zog sich zurück in die hintersten Winkel seiner Seele. Ihm war in der Vergangenheit sehr wehgetan worden. Es grummelte in Boryas Bauch. Das war Hunger, aber auch der brodelnde Wunsch nach Rache. Hob trug seinen Samen in sich, er hatte ihn markiert. Jetzt war er für ihn verantwortlich. Wenn dieser Mistkerl ihn doch lassen würde.

„Mit dem Blut rinnt das Leben aus einem Menschen, doch es bringt auch Leben, wenn man es in sich aufnimmt. Darum trinke ich es, es gibt mir Unsterblichkeit."

Glaubte Hob das wirklich? „Dir bringt es in erster Linie Magengrimmen, wenn du es übertreibst", brummte Borya, als er aufstand und sich ebenfalls anzog. „Nimm nur eine kleine Menge zu dir, sonst gerinnt es sofort als Klumpen in deinem Bauch. Nur in Maßen ist es gesund ... du bist nicht dafür gemacht."

Seine Frage hatte Hob nicht beantwortet, dafür gab es sicher einen guten Grund. Er belog sich selbst, klammerte sich an einen Strohhalm. Alles in Borya drängte, ihm zu widersprechen, doch er musste nicht jeden Kampf gewinnen. Nicht jetzt.

Na toll, Hob war böse auf ihn, seine Fürsorge wusste dieser ... Mensch ... zumindest nicht zu schätzen. Grummelig rollte Borya sich zusammen, um ein wenig zu schlafen.

Die Sonne stand tief, die Brut des Königs würde bald erwachen. Er konnte den Raben hoch in der Luft kreisen sehen, daher wusste er, wo das Lager war. Weit war es nicht, darum konnte er ein noch ein Nickerchen am Seeufer wagen. Der Vogel erwartete den Anbruch der Nacht nicht weniger als sie, sein Krächzen würde ihn wecken.

*

„Borya Wolkow, du bist meinem Ruf gefolgt", sagte Darius Romanow, nachdem er sich in seinen Thronsessel fallen gelassen hatte, der dilettantisch zusammengeschustert aussah. Borya war geschickt mit den Händen, er hätte ihm ein würdigeres Sitzmöbel gestalten können. Doch dazu war er nicht hergekommen. Es musste sich auch noch zeigen, ob er bliebe. Die Begrüßung durch Darius fiel zumindest recht kühl aus.

Romanow trug eine kostbare Robe. Würde Borya sich von Äußerlichkeiten blenden lassen, hätte er ihm eine majestätische Ausstrahlung zugestanden, doch seine Augen waren es gewohnt, die Oberfläche zu durchdringen. Es war deutlich, dass dieser Monarch unter seinen Verhältnissen lebte. War er noch immer auf der Flucht? Seinem arroganten Blick zufolge erwartete er eine Demutsbezeugung von Borya.

„Vorerst bin ich hier, Darius Romanow. Sicher willst du meine Anerkennung als König, aber die werde ich dir nicht so einfach geben." Mit einem Lächeln beugte Borya zwar sein Haupt, doch er ging nicht auf die Knie.

„Ich wurde zu deinem Untertanen erzogen, trotzdem stehe ich hier für eine Spezies, die zwar als Verbündete der Vampire gilt, doch die Wölfe lassen sich nicht von dir beherrschen. Das kannst du von unseren tierischen Brüdern erwarten, nicht aber von den Wandlern."

Er beobachtete Darius' Miene genau und sah, wie der Vampir eine undurchdringliche Fassade aufsetzte. Wie zur Ablenkung streichelte er dem Raben auf seiner Schulter das Gefieder. „Ich sehe dich, Borya, du bist ein stattlicher russischer Wolf, größer als deine Artgenossen. Sicher hast du ein Revier zu verteidigen und anderen Pflichten nachzugehen."

„Es gibt immer wieder Herausforderer und Wölfinnen, die starke Nachkommen gebären wollen. Meine Anwesenheit wäre vonnöten, aber niemand wird mich davon abhalten, mein Territorium zu verlassen, wann immer ich es will. Ich bin frei und daran wirst du nichts ändern", erklärte Borya dem Oberblutsauger und drehte sich zu Hob, der entrüstet schnaufte, als er die Weibchen erwähnte. Ein Alpha musste sein Erbgut weitergeben, doch davon hatte er sicher keine Ahnung.

Darius lachte. „Du scheinst bereits einen begeisterten Anhänger gewonnen zu haben. Ich war mir sicher, mich nicht verhört zu haben. Das Geschrei hätte auch Tote erweckt." Mit glühenden Augen betrachtete er Boryas kleinen Kobold, dem die eigene Äußerung die Röte ins Gesicht trieb. Was für ein lebendiger Kontrast zwischen den bleichen Gesellen, die wie gebannt an Darius' Lippen hingen.

Borya grummelte leise. Ihm wäre lieber gewesen, der König hätte nichts von ihrem Stelldichein am See gewusst. Jetzt durfte er dem wachen Blick keinen Anlass geben, Hob als seinen Schwachpunkt wahrzunehmen. Er wusste, wie ein Herrscher dachte.

„Wir haben das Beste aus einem sonnigen Tag gemacht", sagte Borya möglichst unbeteiligt, wobei er sich sicher war, dass Darius bei seinen Worten zusammenzuckte.

Schon seine Mutter hatte Borya von der Besessenheit des Vampirs vom Tageslicht erzählt. Es zerfraß den Monarchen, nur über die Nacht gebieten zu können. Darum hatte er auch ein seltsames Verhältnis zu Menschen: Er verachtete sie und betrachtete sie als einen Imbiss, doch zugleich bewunderte er ihre Fähigkeit, das Sonnenlicht zu genießen. Da der König launisch war, konnte ihn diese Zerrissenheit gefährlich machen. Und jetzt begehrte ein Wolf gegen seinen Willen auf …

Genervt scheuchte Darius Romanow den Raben von seiner Schulter, um dann aufzustehen und zu ihnen zu kommen. Hob stand direkt neben ihm, Borya konnte seine Wärme spüren, wie auch die tastenden Finger an seiner Hand. Er umfasste sie sanft.

„Dieser wunderschöne Vampir ohne Fangzähne wird uns sicher gern mit der Anmut seines Tanzes beehren", schnurrte Darius tief und streichelte über Hobs Wange. „Heute Nacht wollen wir feiern, wir haben unser Kennenlernen viel zu förmlich begonnen. Deine Ankunft ist etwas Besonderes, Borya. Es brennt ein Feuer und wir haben einige Hühner besorgt, um euren Leib zu füllen."

Erst jetzt bemerkte Borya den Duft, der von den gebratenen Vögeln aufstieg. Darius hatte von seinem Kommen gewusst, er besaß Kräfte, die mit Vorsicht zu genießen waren. Doch das Beben in seinem Griff holte Borya aus seinen Gedanken. Hob vibrierte regelrecht unter Darius' Berührung, und ein Grollen stieg in Borya auf. Fürchtete Hob den Blutsauger oder begehrte er ihn?

„Danke für diesen würdigen Empfang", gab Borya zurück und erschrak selbst über seine Stimme. Sie klang rau und tief, wahrscheinlich hatte sich auch die

Farbe seiner Augen wieder verändert. Was brachte ihn so in Rage? Beinahe hätte er den König angeknurrt. Er leckte langsam über seine Lippen und zwang sich zu einem Lächeln.

Darius nahm Hobs Hand und hob sie, sodass ein silberner Ring im Schein der Flammen funkelte. „Mit diesem Dorn auf seinem Daumen nimmt er bescheiden an unseren Mahlzeiten teil. Ist Hob nicht ein wahrer Schatz?"

Noch immer waren seine Worte mehr ein Gurren und Darius drückte Hob einen Kuss in die Handfläche, um dann genüsslich über die Haut zu lecken. Dabei sah er Borya tief in die Augen. Wollte Darius wissen, wie er zu dem Kobold stand?

Oh ja, als Wolf wollte er ihn besitzen und beschützen. Hob hatte sich die Augen geschminkt und ein goldener Schimmer lag auf seiner Haut, das gefiel Borya. So einem ungewöhnlichen Mann war er noch nicht begegnet, er kitzelte etwas tief in seinem Bauch. In den Tiefen der sibirischen Wälder war alles einfach und robust gehalten, doch Hob war ein Widerspruch in sich … kräftig und zugleich verletzlich, dabei betonte das Make-up seine Maskulinität.

Boryas Herz schlug etwas schneller. Hatte Hob bereits von Darius getrunken? Das Blut des Königs würde ihn in seinen Bann ziehen, dann wäre er seine Kreatur und musste nach seinem Willen handeln. Wenn das noch nicht geschehen war, wollte Borya es unbedingt verhindern. Ebenso wie die Wandlung, Darius durfte Hob nicht zu einem Vampir machen, selbst, wenn es sein eigener Wunsch war. Beim Blick in sein Gesicht hatte Borya so viel Gefühl und unerfüllte Sehnsucht gesehen. Das alles würde Hob mit seiner Menschlichkeit verlieren. Genau wie die Wärme des wundervollen Körpers.

„Du besitzt auch sehr ausgeprägte Fänge", bemerkte Darius mit einem amüsierten Unterton, während er Borya mit den Fingerspitzen über seinen kurzen Bart strich. Es prickelte auf der Haut. Als Darius ihm die Oberlippe hochschob, konnte er das drohende Knurren nicht zurückhalten.

„Ich will Hob tanzen sehen." Viel mehr als dieses Grummeln bekam Borya gerade nicht heraus. „Deine Gastfreundschaft weiß ich zu schätzen", fügte er mühsam beherrscht hinzu. Seine hitzige Natur würde ihn noch den Hals kosten.

*

Hob fühlte die Blicke auf seiner nackten Haut. Für seine Darbietung hatte er das Hemd ausgezogen, er war barfuß und trug nur noch die tief sitzende Haremshose. Der breite Bund schmiegte sich um seinen Unterleib und würde nichts verstecken, wenn er sich in Stimmung tanzte.

Diese Aufmerksamkeit war Fluch und Segen zugleich. Endlich beachtete ihn Darius, er hatte ihm noch nie so viel Zeit gewidmet, hatte ihn berührt. Seine kühle Eleganz ließ Hob schaudern, er gab sich ganz wie ein König und blieb immer gefasst. Und dann war da Borya, der angeblich ein Leitwolf sein sollte … heißblütig und ehrlich direkt. Seine Leidenschaft war so intensiv, sie hatte Hob beinahe verbrannt. Wenn er sich darauf konzentrierte, spürte er noch immer das süße Ziehen.

Beide Männer waren einzigartig und konnten kaum unterschiedlicher sein. Machten sie sich gegenseitig etwas vor, oder begehrten sie Hob wirklich? Er war ein Möchtegernvampir aus den Slums von London, zwar gebildet, aber nicht gerade das, was man fein nannte. Gerade hatte Hob noch gedacht, nur gut genug für das Fußvolk zu sein, und jetzt rivalisierten diese beiden Herrscher um ihn? Oder würden sie ihn fallenlassen, wenn sie merkten, dass ihr Interesse nur für den Gegner geheuchelt war? Die Menschen blieben immer auf der Strecke, wenn sie sich mit Göttern einließen. Hob schluckte hart, er wusste selbst nicht mehr, was er war.

Als die ersten Takte eines Liedes erklangen, hob er erstaunt den Kopf. Russen waren ein musikalisches Volk, aber solange er auch schon bei ihnen war, hatten diese Vampire noch nie ihre Instrumente herausgekramt. Er erkannte eine Laute, eine Trommel und den zarten Klang einer Flöte. Fast automatisch drehten sich seine Hüften zu der Melodie. Mit dem köstlichen Duft der Brathühner in der Nase wurde aus dieser Nacht wirklich noch ein rauschendes Fest und Borya war der Ehrengast.

Hob stöhnte lang gezogen und schob sein Becken vor, bewegte es im Takt der Musik. Mal stieß er in die eine Richtung, dann in die andere, oder schwang es von hinten nach vorn. Die Arme hatte er hinter seinem Nacken verschränkt, während er gemächlich einen Bauchmuskel nach dem anderen anspannte und eine Wellenbewegung vollführte. Ein orientalischer

Nachbar hatte ihm dies und noch einiges mehr beigebracht. Hob beherrschte seinen Körper. Er ließ die Münzen an seiner Bauchkette gezielt klimpern.

Die Hitze des Feuers streichelte Hobs Haut. Sein Blick senkte sich in Darius', als er ihn antanzte. Dort glomm es leicht und er lächelte ihm aufmunternd zu. Das blasse Gesicht mit dem kantigen Kinn war von einer kühlen männlichen Schönheit. Scheinbar gelangweilt winkte er den Gespielen der letzten Nacht herbei, der seinem Befehl ohne zu zögern folgte.

Es kochte in Hob, als er sah, wie Darius' Fänge sich herausschoben und er dem Burschen in die Haare griff, um seinen Kopf zur Seite zu biegen. Seine Augen glühten nun rot, die Gier hatte ihn erfasst.

„Bringt unserem Gast Wein", befahl der König, bevor er seine Zähne im Hals dieses Burschen versenkte. Er hatte seine Schultern fest im Griff, dabei wirkten die Finger wie Spinnenbeine, mit scharfen Krallen bewehrt. Der Anblick war beinahe gespenstisch im Flammenschein.

Hob spürte seinen Herzschlag bis in die Kehle, dort trafen sich Traurigkeit, Wut und der ganze aufgestaute Frust der letzten Wochen. Wieder hatte sein Gebieter verschmäht, was er ihm gern angeboten hätte. Das traf Hob tiefer, als er es zugeben wollte. Das Gefühl, nichts wert zu sein, bemächtigte sich seiner, es war ein alter Bekannter. Was sollte er tun, wenn alles, was er zu geben bereit war, nicht ausreichte? Außer Sex und Blut hatte er nichts anzubieten.

Tränen liefen über Hobs Wangen, jetzt durften ihm die Beine nicht nachgeben. Die Melodie wurde lebhafter, sie schwoll an und er war froh, sich in den

Klängen verlieren zu können. Die Trommelschläge versetzten ihn in einen Taumel. Er drehte sich schnell, seine Bewegungen wurden wilder. Als er Borya anschaute, der breitbeinig und mit freiem Oberkörper auf einer Decke kniete, stockte ihm der Atem. Beinahe hätte sich ein Schluchzen aus Hobs Brust gelöst, als er an seine wohlige Wärme dachte.

Es sprühte bernsteinfarben in Boryas Augen, die er die ganze Zeit nicht von ihm gelassen hatte. Hob hatte es gespürt. Heiße Schauer durchfuhren ihn. Er sah, wie der große kräftige Mann seinen Weinkelch umklammerte, dass die Knöchel weiß wurden. Ihre Blicke verwoben sich und Hitze rieselte über Hobs Haut. Angesichts dieser Leidenschaft bekam er kaum noch Luft, die Atmosphäre war so dicht, man hätte sie schneiden können.

Schon zu Beginn seines Tanzes hatten für ihn die anderen Vampire, die mit ihnen am Feuer saßen, kaum existiert. Hobs Aufmerksamkeit hatte sich nur auf die wichtigen Zuschauer gerichtet. Nachdem er seinem Herrn den Respekt gezollt hatte, der ihm gebührte, konnte Hob jetzt seinen Gefühlen freien Lauf lassen. Genüsslich ließ er sein Becken direkt vor Borya kreisen und stieß damit in seine Richtung. Er lockte ihn, während er spürte, wie sich sein Schwanz aufrichtete.

„Du bist ein geiles Luder", flüstert Borya rau, als er sich ihm schnuppernd näherte, damit er seinen Duft intensiver wahrnehmen konnte. Hob biss sich auf die Lippe und musste unwillkürlich lächeln, denn Borya ließ ein erregtes Knurren hören. Ob sein Herz ebenso raste wie seins? Das Verlangen pulsierte in

Hobs Lenden und auch Boryas Jeans war mehr als gut gefüllt. Sein Begehren wirkte ehrlich, es legte sich wie Balsam über Hobs gepeinigte Seele.

„Komm her!" Das gebieterische Knurren war zu verführerisch, um der Aufforderung nicht nachzukommen.

Langsam und unaufhaltsam zog Borya ihn näher, nachdem er seine Hüften umfasst hatte. Jetzt berührte sein Mund beinahe seine Erektion und Hob ließ sein Becken sanft vor- und zurückschwingen. Ein Stöhnen löste sich aus seiner Brust, als die großen Hände sich um seine Pobacken legten und ihn heranzogen. Borya drückte ihm das Gesicht in den Schoß, schmiegte die Wange an seinen Schaft. Selbst durch den bestickten Stoff konnte Hob den heißen Atem fühlen und hörte Borya ächzen.

„Jaaaa", keuchte Hob heiser, seinen Kopf warf er weit in den Nacken. Er konnte sich fallenlassen, Borya hatte ihn fest in seinem Griff und verwöhnte ihn mit angedeuteten Bissen. Es zuckte in Hobs Unterleib.

Er war der Ekstase nah, als Borya kurzerhand seine Hose vorn herunterzog und ihm das Precum von der Eichel leckte. Die genüsslichen Laute waren Musik in Hobs Ohren. Plötzlich schienen sich seine Sinne zu schärfen und richteten sich auf alles, was Borya tat. Seine Finger fuhren in das dichte Haar, um die Intensität der Berührungen ertragen zu können, trotzdem traute er sich nicht, Borya heranzuziehen. Doch das musste er auch nicht, denn sein Schwanz wurde auch ohne Aufforderung tief in den Rachen genommen. Hob zitterte und hielt sich in der Mähne fest, damit seine Beine ihn trugen.

„Es soll unserem Gast an nichts fehlen", bemerkte Darius nun mit leicht säuerlichem Unterton. „Manieren sind in der Wildnis nichts wert, wie es scheint."

Borya ließ sich davon nicht beirren. Anscheinend war es ihm egal, was der König von seiner lustvollen Aktion hielt. Auch Hob hatte nur noch Augen für ihn, er betrachtete sein Gesicht genau. Trotz der Sonnenbräune wirkte Boryas Haut frisch, seine Wimpern waren viel zu lang und sinnlich, um einem Raubtier zu gehören. Hob spürte den kurzen Bart, er hinterließ ein Prickeln, wo Borya ihn über seine Haut rieb. Aber dann musste er die Lider schließen, weil ihn die Reize fast überfluteten, sein Herz lief über.

„Aaaaargh, ich werde jetzt ...", begann Hob atemlos und umfasste sein Kinn, doch Borya packte nur fester zu und zog ihn an sich. Zitternd stöhnte Hob und schaute in den Nachthimmel. Die Sterne schienen auf ihn zuzurasen, sie rieselten in seinen Körper und explodierten dort in einer Supernova. Mit einem Schrei krallte er sich in Boryas Haar, während er kam. Die Hände an seinen Hüften waren noch da, als er kraftlos zu Boden sank. Er landete direkt in den Armen seines Wolfs.

„Du bist so aromatisch wie der Honig meiner Bienen in dem hohlen Baum", flüsterte Borya in seine Dreadlocks und bettet ihn an seiner Brust. Er hielt er ihm den Weinkelch an die Lippen. Kaum hatte Hob einen Schluck genommen, schmeckte er sich selbst, als Boryas Zunge in seinen Mund eindrang. Zärtlich umspielte er ihn und umfing ihn mit seiner Wärme.

*

Darius ließ geistreiche Bemerkungen fallen, er besaß einen subtilen Humor. Borya lachte. So langsam gefiel es ihm in der Gesellschaft der Vampire, wobei das hauptsächlich der Verdienst eines Menschen war. Eines Menschen, der sich selbst für einen Blutsauger hielt.

Trotz seines Wahns ließ sich Hob genüsslich mit Hühnchen füttern, nachdem er es sich in seinen Armen gemütlich gemacht hatte. Vielleicht waren es auch Sticheleien seitens des Königs, weil ihm die Konstellation so gar nicht passte, aber Borya nahm ihm das nicht krumm. Er mochte Sarkasmus, weil er ihn gern zurückgab. In den Wäldern seiner Heimat hatte er wenig Möglichkeiten, seine Wortgewandtheit zu trainieren.

„Solltest du nicht lieber deine Welpen verwöhnen und ihnen ein Vater sein?", fragte ihn Darius. „Wie viele Junge wirft eine Wölfin? Damit hättest du sicher alle Hände voll zu tun, du musst keinen Pseudovampir an deinen Titten säugen."

Grinsend schaute Borya ihm in die Augen und hielt seinem Blick stand, dazu ließ er die Brustmuskeln hüpfen. Der König war eifersüchtig. „Wolfswandlerinnen gebären nicht anders als Menschen. Sie sind gute Mütter und kommen ohne mich klar, aber vielleicht werde ich meine Nachkommen irgendwann kennenlernen. Bis dahin mache ich, was immer ich will."

Borya beobachtete fasziniert, wie Hob seine fettigen Fingerkuppen ableckte, nachdem er ihm einen

Bissen Fleisch zwischen die Lippen geschoben hatte. Es kribbelte, wenn es das tat oder an den Spitzen saugte. Trotz oder gerade wegen der Schwielen war Boryas Tastsinn sehr empfindlich.

„Hoffentlich ziehen sich die Herrschaften bald zurück", raunte ihm Hob zu und vergrub die Nase in seinem Haar. Er schien seinen kräftigen Geruch zu mögen. Als Hobs Zunge seine Haut berührte, stellten sich Boryas Nackenhaare auf.

Darius Romanow hob eine Hand und die Musik verstummte. „Wir werden jetzt unser Mitternachtsmahl nehmen und noch ein wenig Spaß gemeinsam haben. Wölfe müssen draußen bleiben, sie gehören weder zu den Vampiren noch sind sie einer der Leckerbissen", erklärte er gebieterisch und streckte die Hand nach Hob aus.

Knurrend legte Borya den Arm um seinen Kobold, denn von Hobs erstaunter Miene konnte er ablesen, dass normalerweise nicht nach seiner Gesellschaft verlangt wurde. „Wie unhöflich, euren Gast ganz allein hier draußen zu lassen", grollte er und stand gemeinsam mit Hob auf, um ihn hinter sich zu schieben.

Ein kurzes Auflachen kam von Darius. „Du hast dir deinen Anteil selbst genommen, ohne auch nur auf eine Aufforderung zu warten. Erzähle mir nichts von Anstand, Wolf." Der König hatte die Fänge ausgefahren und war offensichtlich kurz davor, seinen Trieben freien Lauf zu lassen. Aber das würde er nur im engsten Kreis seiner Vertrauten zulassen. Borya konnte es drehen und wenden wie er wollte, leider hatte er kein Recht, Hob für sich zu beanspruchen.

„Lass ihn selbst entscheiden", schlug er vor und baute sich mit Absicht in voller Größe auf. Der Vampirkönig wäre ihm körperlich nicht gewachsen, nur seine magischen Kräfte waren schwer einzuschätzen.

Zögernd legte Hob die Arme um Boryas Mitte und flüsterte ihm von hinten ins Ohr: „Ich möchte bei dir bleiben, aber er wird mich zwingen. Du kannst es nicht verhindern, lass mich gehen."

Es grollte leise in Boryas Brust, als er über Hobs Hand streichelte, die sich langsam von ihm löste. Dann musste er ihn freigeben. Das war so falsch, es zerriss Borya das Herz. Hob gehörte ihm.

Darius stand auf und musterte ihn höhnisch. „Mach es dir noch nett, du hast ja zwei gesunde Hände und nicht nur Pfoten. Sei dankbar für dieses Glück."

Ein Blick in Hobs Gesicht ließ Borya laut knurren: Sein kleiner Kobold war verwirrt, seine Augen voller Traurigkeit. Das machte ihn wütend! Eine Hitzewelle erfasste ihn. Ohne weiter darüber nachzudenken, trat Borya vor und fletschte die Zähne. Er war kurz davor, sich zum Wolf zu wandeln, und überlegte, wie er sich dem König am besten in den Weg stellte.

„Du wagst es …?", schrie ihm Darius entgegen, doch Borya befand sich bereits im Sprung, sein Raubtiergebiss war voll ausgebildet und er heulte heiser auf. Niemand, wirklich niemand legte Hand an die Seinen!

Mit seinem Gewicht riss Borya Darius zu Boden und schnappte nach seiner Kehle. Sein Biss traf auf Widerstand, aber der Vampir griff sich an den Hals und vergrub die Finger in seinem Fell. Borya hatte kaum bemerkt, dass er die Gestalt gewechselt hatte, alles ging blitzschnell. Als er von mehreren Blutsaugern gepackt wurde, biss er um sich, dann starrte er für ein paar Sekunden in Darius' glühende Augen, bevor die anderen ihn wegzerrten. Mit großer Kraft wurde er durch die Luft geschleudert.

Borya flog einige Meter, um sofort wieder auf die Beine zu kommen. Schmerz durchzuckte ihn, das ließ seine Wut nur noch höher lodern. Sein Knurren klang wie das Brüllen eines Löwen; mit Sicherheit wollte Borya Darius jetzt tot sehen. Sein Herzschlag schien ihm die Brust zu sprengen, als er sich mit gefletschten Zähnen schützend vor Hob stellte.

Es tropfte von Boryas Lippen und der metallische Geschmack ließ keinen Zweifel zu: Das war das Blut des Königs, er hatte ihm die Fänge in den Hals geschlagen. Hoffentlich war er stark genug, sich dagegen zu wehren.

„Soll ich dich in Stücke reißen lassen?", fragte Darius mit einem ungesunden Gurgeln, während sich die tropfende Wunde langsam wieder schloss. „So geht man mit einem ungehorsamen Köter um!"

Darius fixierte ihn mühsam beherrscht, doch dann streckte er den Arm aus und gebot ihm mit der Hand, sich niederzulegen. Borya verkrampfte sich, er wehrte sich mit aller Macht gegen den Drang, dem Befehl Folge zu leisten. Winselnd musste er nachgeben. Eine bleierne Schwere breitete sich in seinen Muskeln aus, sie gehorchten ihm nicht länger. Mit der Aufnahme von Darius' Blut hatte dieser die Hoheit über seinen Willen gewonnen. Borya bellte und heulte vor Wut, trotzdem musste er tun, was der König von ihm verlangte.

„Mach, dass du in den Wohnwagen kommst!", herrschte Darius Hob an. „Sonst wird dieser Wolf die Sonne nicht mehr sehen."

Fasziniert betrachtete Hob seine Wolfsgestalt, aber Borya wäre lieber im Erdboden versunken, statt ihm diesen jämmerlichen Anblick zu bieten. Für den Moment war er besiegt, doch noch lange nicht gebrochen. Nur diese Ohnmacht brachte ihn um. Hob durfte nicht mit den Vampiren in den Caravan gehen, das schrie jede Faser von Boryas Körper. Sein Kobold war leichenblass, er schaute ihn jetzt aus brennenden Augen an, die sich mit Tränen füllten.

„Bis morgen früh", flüsterte Hob tonlos und verschwand hinter Darius durch die Tür, die sich hinter dem Letzten der Vampire schloss. Das Geräusch hatte etwas Endgültiges.

Mehr wollte Borya auch nicht hören, der Gedanke an das Kommende war unerträglich. Er konnte sich wieder frei bewegen, der Bann des Königs schien gebrochen zu sein. Resigniert befreite sich Borya von den Resten der Jeans, in denen seine Hinterläufe noch immer steckten. Bei einer spontanen Wandlung verfing er sich meist in der Kleidung, was nicht gerade zu seiner Beweglichkeit beitrug. Aber das war nicht der Grund seines Scheiterns.

Jetzt musste er laufen, die Erde unter seinen Pfoten spüren, um die Schmach zu vergessen. Borya rannte und hieß den Schmerz willkommen, der von unzähligen Wunden rührte, die ihm die Vampirkrallen beigebracht hatten. Sein Herz war noch schwerer verletzt, ohne dass er es auch nur geahnt hätte ... es schlug für Hob.

*

Es war viel Blut geflossen. Sein Blut. Hob wusste, was das bedeutete, seit seine Mutter vor seinen Augen gestorben war.

Er war erst fünf Jahre alt, als sie beschloss, ihr Leben zu beenden. In den frühen Morgenstunden ging er zu ihr, weil er nicht schlafen konnte. Doch seine Mum lag nicht in ihrem Bett und er suchte sie. Mitten in der Küche hockte sie auf dem Boden. Als er den Raum betrat, sah er, wie sie sich ein Messer in die Brust rammte. Entsetzt blieb er stehen und rief nach ihr, aber seine Tränen hielten sie nicht davon ab, sich die Klinge noch tiefer ins Fleisch zu drücken.

„Mummy", flüsterte er. Beinahe gespenstisch sah er ihr Gesicht vor sich. Hob schlang seine Arme um sie und weinte bitterlich – damals, als er noch William hieß. Der Griff ragte aus ihrem Nachthemd. Durch seinen Schlafanzug spürte er die Wärme, als der Stoff sich vollsaugte.

Weil er nicht wusste, was er tun sollte, brachte er seine ganze Kraft auf, um das Messer herauszuziehen. Vielleicht konnte er es so ungeschehen machen. Doch das war ein Fehler. Hilflos musste er zusehen, wie der dunkle Strom umso schneller lief. Die Pfütze um sie herum wurde im Licht der Dämmerung zu einem schwarzen See, er wuchs und wuchs. Hob war wie erstarrt, als das Leben aus ihr herausfloss. Die ganze Zeit schaute sie ihm wortlos in die Augen, es gab scheinbar nichts mehr zu sagen. Als sie umgefallen war und mit dem Gesicht in ihrem Blut lag, war seine Mutter tot.

Danach war er von seinem „liebevollen" Großvater aufgenommen worden. Schon damals hatte Hob gelernt, wie man sich Zuneigung mit gewissen Gefälligkeiten erkaufte. Erst sehr viel später war er darauf gekommen, dass dieser Mann wohl ein ebensolcher Vater gewesen sein musste.

Oh Fuck! Er war zu schwach, um sich zu bewegen. Diesmal hatten die Vampire ihn beinahe vollständig ausgesaugt. Wieder hatte der König seinen Jüngern das Feld überlassen, nachdem er fertig mit ihm war.

Zuvor gab er ihm verstörende Zuneigung, streichelte Hob und leckte entlang seiner Schlagader, über die sich später Dimi und die andern hergemacht hatten. Diese Aufmerksamkeit wünschte sich Hob schon so lange. Aber jetzt? Wieso war Darius so zärtlich, wenn er ihm nichts bedeutete? Küsse ohne Belang und Gefühl, doch Darius nahm seinen Körper behutsam, als hätte er einen Schatz entdeckt. Seinen kühlen Schwanz in sich zu fühlen, ließ Hob erschaudern, doch er musste immerzu an Boryas Hitze denken, an seine emotionale Wärme. Nein, Hob hatte es weder genossen noch gewollt, seine Entscheidung war gefallen. Er hatte das Leben gewählt, das ihn jetzt verhöhnte.

Jetzt war es vorbei. Es war *sein* Schicksal, die Sonne nicht mehr wiederzusehen. Der Vampirkönig hatte ihn geopfert. Hobs Tod würde bald eintreten, einfach so, bedeutungslos wie die letzten Stunden. Wie gern wäre er in Boryas Armen gestorben. So geborgen hatte er sich schon seit Ewigkeiten nicht gefühlt. Seine Träume hatten sich geändert, doch es war wohl zu spät dafür.

„Ich muss ihn suchen", flüsterte Hob, wie um sich selbst anzufeuern. Noch atmete er und seine letzten Kräfte sollte er sinnvoll einsetzen. Mühsam rappelte er sich auf und kroch aus dem Durcheinander nackter Leiber auf der Liegefläche. In seiner Brust holperte es unregelmäßig. Ihm traten Tränen in die Augen, als ihm klar wurde, dass ihm die Zeit fehlte. Sein Herz würde schon bald den Geist aufgeben. War draußen schon Tag? Durch die schwarz abgeklebten Fenster fiel kein Lichtstrahl.

Wie er es bewerkstelligt hatte, die Tür zu öffnen, wusste Hob selbst nicht. Sie schwang auf und offenbarte eine Welt im Zwielicht der Dämmerung. Bevor er es schaffte, nach Borya zu rufen, brach er zusammen und fiel aus dem Wohnwagen einfach auf den weichen Waldboden.

Es schnupperte an seinem Ohr und Hob fühlte eine feuchte Hundeschnauze, die ihn anstupste. Aufgeregt hechelte das Tier und drehte ihn auf den Rücken, um ihm dann das Gesicht abzulecken. Woher kam der Hund? Oder war es sein Wolf?

Mühsam hob Hob seine Lider und schaute in zwei Augen. Ansonsten sah er nur eine pelzige Stirn, die besorgt gerunzelt zu sein schien. Blut klebte in dem Fell des riesigen Wolfes. Er war schön gezeichnet, grau mit schwarz und beige gestromt.

„Borya?", konnte Hob nur noch hauchen. Seine Kräfte hatten ihn wohl endgültig verlassen, aber er durfte seinen starken Beschützer noch einmal sehen.

Oh Himmel, was passierte jetzt? Hobs Sicht war verschwommen, aber er bekam trotzdem mit, was da mit Borya vor sich ging. Sein Körper streckte sich und das Fell wurde dünner, dann verformte sich der Kopf. Wie in Zeitlupe vollzog sich die Metamorphose vor seinen Augen, bis Borya vor ihm lag, wie er ihn kennengelernt hatte. Das war Wahnsinn, ein wahres Wunder. Voller Ehrfurcht tastete Hob nach der warmen Haut.

„Ich bin es", flüsterte Borya rau. „Beinahe wäre ich zu spät gekommen."

Hob beobachtete matt, wie er aufstand auf und die Tür des Caravans schloss. Dann nahm Borya ihn vorsichtig auf die Arme, um ihn auf die Decke zu betten, die neben dem noch immer brennenden Feuer lag.

„Hör mir gut zu", sagte Borya, nachdem er sich neben Hob gelegt hatte und ihn fest in seine Arme zog. „Nur Darius kann dich noch retten, indem er dir von seinem Blut zu trinken gibt." Von dieser Lösung schien er nicht besonders angetan zu sein, Hob konnte es deutlich von seinem Gesicht ablesen.

„Werde ich dann zum Vampir?"

„Nur, wenn er dich gerade erst gebissen hat. Die Wandlung wird vollzogen, wenn ein kurzer Zeitraum zwischen dem wechselseitigen Bluttrinken liegt." Düster starrte Borya ihn an.

So langsam verstand Hob, warum Darius immer sehr zurückhaltend gewesen war. Vielleicht hatte er ihn aus genau diesem Grund verschmäht. „Denkst du, er kann in die Zukunft sehen und weiß, was geschehen wird?"

„Ich hoffe, es gibt blinde Flecken in seiner Hellsichtigkeit", antwortete Borya düster mit einem Nicken. „Wo ist dein Silberdorn? Wir brauchen ihn jetzt."

Dann hatte sein schöner Wolf auch durchschaut, welche Fähigkeiten Darius Romanow besaß. Hob hatte schon länger den Verdacht, die kommen Ereignisse offenbarten sich dem König bereits im Vorfeld. Er war beinahe froh, dies bestätigt zu bekommen, denn er hatte an seinem Verstand gezweifelt. Dort, wo sich jetzt immer mehr Watte anzusammeln schien. Hobs Gehirn wurde nicht mehr ausreichend mit Sauerstoff versorgt und fühlte sich mit jedem Moment dumpfer an.

„Hosentasche", brachte er mühsam hervor. Sie waren beide nackt, doch Hob meinte, seine Klamotten im Wohnwagen gesehen zu haben. „Drinnen."

Borya nickte und küsste ihn zärtlich. „Ich bin sofort zurück. Wir müssen dich am Leben erhalten."

Den Tränen nahe, schaute Hob ihm hinterher und fragte sich, was seinem Wolf im Kopf herumgeisterte. Dann musste er die Augen schließen, weil ihm langsam die Sinne schwanden. „Beeile dich, lass mich nicht allein gehen."

„Hob!" Nicht gerade sanft schlug ihm Borya ins Gesicht und rüttelte ihn leicht. Es konnten nur Augenblicke vergangen sein. „Komm zu dir, du darfst jetzt nicht einschlafen!"

Lächelnd nahm Hob seine Nähe wahr und schmiegte sich an ihn. Er war müde und Borya hielt ihn warm. Warum sollte er sich nicht einfach zufrieden einkuscheln dürfen?

„Hob!" Sein Kopf flog zu einer Seite, doch er nahm nur dunkel wahr, dass seine Wange schmerzte. „Mach den Mund auf! Sofort!"

Mit einem festen Griff in seine Dreadlocks zwang ihn Borya, den Nacken zu überstrecken. Dann traf Hob ein Tropfen und es rann heiß und kupfern auf seine Zunge. War das Blut?

„Trink! Du musst bei Kräften bleiben, zumindest soweit, wie du es zum Überleben brauchst. Bitte, tu es für mich!"

Boryas Duft wurde übermächtig, er nahm ihn deutlich wahr. An seinen Lippen spürte Hob die warme Haut. Immer mehr des Lebenssaftes lief in seine Kehle und er verschluckte sich. Hustend hielt er sich an Borya fest, doch sein Mund war schon wieder gefüllt und er würgte das Blut atemlos herunter.

Hatte Borya eine Ader für ihn geöffnet? Ja, er gab ihm, was er brauchte. Die in Hob wachsende Kälte wurde langsam zurückgedrängt.

Hob hatte jedes Zeitgefühl verloren, schon seit Ewigkeiten wurde er so von Borya gehalten. Hin und wieder hatte er einen Schluck getrunken und war zwischendurch dabei eingenickt. Die Müdigkeit hielt Hob noch fest in den Krallen, aber eigentlich fühlte er sich schon besser. Aus Dankbarkeit liefen ihm Tränen über das Gesicht. Jetzt leckte ihn die wendige Zunge sauber, kitzelte ihn, bis er lächelte. Sein Wolf war auch in Menschengestalt sehr geschickt darin.

„Erzähle mir von dir", befahl Borya energisch. „Wehre dich gegen den Sog in Richtung Abgrund."

„Danke", hauchte Hob mit geschlossenen Augen. Gerade kam Borya ziemlich ruppig rüber, doch er hatte ihn die ganze Zeit sanft gestreichelt. „Willst du die komplette Geschichte hören? Sie ist nicht so unterhaltsam."

„Rede einfach immer weiter, bis ich sage, dass du fertig bist."

Seufzend schmiegte Hob sich an Borya. Das hatte er noch nie getan, bisher hatte sich noch niemand so für ihn interessiert. „Meine Mutter starb, als ich fünf war. Sie hat sich umgebracht, darum kam ich zu meinem Großvater, der sehr am Entwicklungsstand meines Schwanzes interessiert war. Er fand ihn niedlich, darum hat er ihn befingert, wann immer es ging, und er hat ihn sogar seinen Freunden gezeigt."

Borya schnaubte aufgebracht. „Du sollst mir keine Räuberpistolen erzählen, ich will etwas über dich erfahren", knurrte er und starrte ihn an.

Mit halb geöffneten Augen erwiderte Hob seinen Blick und schmunzelte. Wenn er an die Vergangenheit dachte, kam sein Humor langsam zurück. Anders war sie nicht zu ertragen. „Meinen kleinen Arsch mochte er auch, sogar besonders. Du musst ihn nicht umbringen, das habe ich selbst mit etwa elf Jahren getan. Mein Grandpa war herzkrank und brauchte Medikamente. Ich war viel beweglicher als er, das wurde ihm zum Verhängnis."

Hob lachte leise. „Die Augen quollen so lustig aus seinem Kopf, als er sein Nitrospray nicht bekommen hat. Niemand hat mich verdächtigt, ich wurde nur von einem Psychologen zum Nächsten geschleppt. Der kleine William war ja traumatisiert, weil er beim Tod seiner Mutter so viel Blut sehen musste. Sie habe ich auch getötet."

Die kleine Pause musste sein, denn Hob schluckte hart. Über seine Mum zu sprechen, fiel ihm noch immer schwer. „Erst, nachdem ich das Messer aus der Wunde gerissen habe, floss es aus ihr heraus wie bei einer Badewanne, aus der man den Stöpsel gezogen hat", flüsterte er beinahe.

„Ist das die Wahrheit?"

Boryas gerunzelte Stirn gab Hob einen Stich ins Herz. Da gab es eine Mauer um sein Gefühlsleben, auf die er sorgsam aufpassen musste. Seine Dämonen waren dort eingesperrt, wenn sie frei kämen, konnte es hässlich werden.

„Ja", war alles, was er dazu sagen konnte. Dachte Borya wirklich, er wollte ihn nur unterhalten? Es tat unendlich gut, als er die Arme um ihn legte, denn Hob fühlte sich nicht wohl damit, diese Dinge vor ihm auszubreiten.

Bevor er weiterredete, atmete Hob tief durch. „Ich kam in verschiedene Pflegefamilien und Heime, aber ich wusste damals schon, dass ich kein gewöhnlicher Mensch bin. Zur Schule bin ich immer gegangen, aber ich wollte lieber auf der Straße schlafen, als meine Freiheit aufzugeben. Darum steckten sie mich in ein Internat für schwererziehbare Kinder. Im großen

Schlafsaal konnte ich gut anwenden, was mein Großvater mir beigebracht hat."

Ungläubig schüttelte Borya den Kopf. Er sagte nichts, aber er presste die Lippen aufeinander, als wollte er widersprechen.

„Ich habe es geschafft bis zum Kunststudium, immer hin und her flatternd wie ein irrer Schmetterling. Zwischen Kerlen und diversen Drogen. Dann wieder und wieder Therapeuten ... nur, weil ich meinen Wagen *in* einem Restaurant geparkt habe, statt davor. Solche Missgeschicke passieren, wenn laufend Entscheidungen gefordert sind."

Leise lachend schaute Hob Borya an. Er war dem normalen Leben entflohen, in dem er als Verrückter galt. „Es hat gedauert, bis ich meine Bestimmung als Vampir gefunden habe."

In Boryas Augen loderte es aufgebracht. Seine Geschichte schien ihn sehr aufzuwühlen. Vielleicht sollte Hob ein wenig mehr Betroffenheit zeigen, wenn er sie zum Besten gab. Zumindest hatten ihn seine Erinnerungen ausgelaugt, die er besser nicht hervorzerren sollte.

Mit bebenden Fingern fuhr Borya über seine Wange und schaute ihn beinahe flehend an. „Niemandem können so viele furchtbare Dinge passieren. Dann hat dir noch jemand die Schlagader zerfetzt und du wärst beinahe gestorben. Das ist Leid für viele Leben."

Hob wurde von einem Zittern erfasst und musste den Blick senken. Gut, wenn Borya es von ihm erwartete, konnte er es erträglicher gestalten. „Das habe ich mir alles ausgedacht", flüsterte Hob kaum hörbar. "Ich bin gestört, das weißt du doch sicher schon."

Als er die Augen geschlossen hatte, fühlte er Boryas Lippen auf seinen Lidern. Verdammt, jetzt fing Hob an zu heulen, das ging gar nicht. Seine Tränen waren versiegt, er konnte und wollte nicht mehr weinen. Nicht wegen seiner Kindheit, die verlorene Zukunft wäre es vielleicht wert gewesen. Wer zurückschaute, kam dabei um.

"Ich möchte dir gehören. Bekommen wir das irgendwie hin?", fragte Hob mit leicht bebender Stimme.

Borya knurrte und schnupperte geräuschvoll an seinem Haar. Die Verlegenheit zwischen ihnen war deutlich spürbar. "Möglich, wenn wir unsere Karten geschickt ausspielen. Wir brauchen Darius' Blut und ich weiß, was er im Gegenzug fordern wird."

"Kennst du auch hellsehen?" Ein Kichern stieg in Hob auf, sein Hirn war noch immer leicht, doch langsam kam das Leben in ihn zurück. Zumindest stand es nicht mehr auf Messers Schneide.

"Schlaf, kleiner Kobold. Ich habe dir Energie gegeben, jetzt muss sie wirken. Wenn wir um mehr pokern, geht es um unsere Freiheit. Von Darius' Vorstellung davon habe ich bereits kosten dürfen." Mit sanften Küssen bedeckte Borya sein Gesicht. "Wir werden sie so hoch verkaufen, wie wir können."

Hob war alles egal, wenn er nur bei ihm sein konnte. Ob es das Wolfsblut in seinem Körper war, das ihn so denken ließ? Dann war es eben so, er fühlte sich berauscht. Sicher war es Borya nicht klar, was für ein Geschenk er ihm gemacht hatte. Es legte sich wie ein Siegel über sein gebrochenes Herz.

Die Zeit der Unterwürfigkeit war vorbei und Borya sollte den Mann sehen, der aus ihm geworden war. Wenn der Wolf ihn nicht für sich beanspruchte, würde Hob es mit ihm tun. Mit ihm an seiner Seite konnte er die Dämonen der Vergangenheit bekämpfen.

*

„Was soll ich mit dir tun, Borya Wolkow?", fragte Darius leise und schloss die Tür hinter ihnen. Er hatte sein Gefolge aus dem Wohnwagen gescheucht und Bora hineingebeten, um unter vier Augen mit ihm zu sprechen. „Du greifst mich an, bedienst dich einfach an meinem Eigentum ..."

Für solche Spielchen hatte Borya keine Geduld, es ging Hob noch immer schlecht. Sein eigenes Blut konnte ihm zwar Kraft geben, ihn aber nicht heilen.

„Mach mit mir, was immer du willst, nachdem du Hob gerettet hast." Er hob den Finger und zeigte anklagend auf Darius. „*Du* hast zugelassen, dass sie ihn beinahe umgebracht haben. Wahrscheinlich hast du es sogar angeordnet, weil diese Arschkriecher nur tun, was du befiehlst. Hilf ihm!"

Boryas Augen verengten sich, als er Darius ansah. Das war kein Wunsch. Er stand als Leitwolf vor dem König, nicht als Bittsteller. „Hob schläft im Moment, aber er ist noch zu schwach, um sich zu erheben. Wenn es ihm wieder gut geht, magst du alles mit mir anstellen."

Darius lächelte wehmütig. „Warum nur ist es mir nicht vergönnt, so ein heißes Herz für mich zu erobern? Es ist dir völlig egal, was mit dir passiert, wenn ich deinem kleinen Schatz wieder auf die Füße geholfen habe? Ich bewundere deine Selbstlosigkeit."

„Du verstehst nicht das Wesen der Wölfe." Was sollte dieses Schauspiel? Borya knurrte ungehalten. „Wenn du es wirklich willst, verwandle mich durch die Bluttaufe in einen zahmen Schoßhund. Ich werde dir dein Stöckchen holen, aber du wirst mich zwingen müssen."

Er hob sein Kinn und musterte Darius. „Hast du mich dafür gerufen? Du bist umgeben von Speichelleckern, wozu brauchst du einen Weiteren?"

Gequält lachte Darius auf. „Wie ich das hasse, Borya Wolkow. Du bist Leitwolf, weil du es sein musstest, und auch ich bin nicht König aus Passion ... Fühlst du dich weniger einsam als ich? Ich wollte mir diesen süßen englischen Spinner aufsparen, ihn erst für mich beanspruchen, wenn ich diesem Leben endlich den Rücken kehren kann. Bis dahin wäre er sicher vor mir gewesen ... denn die anderen würden nicht wagen, ihm etwas anzutun."

Es grummelte in Boryas Bauch und er grollte leise. „Hob ist etwas ganz Besonderes. Für dich ist er nicht bestimmt, er gehört mir."

Von der Seite schaute er Darius an und konnte dem König nicht absprechen, wirklich gut aussehend zu sein. Mit dem schwarzen langen Haar, das seinen blassen Teint hervorhob, und den Glutaugen, die jede seiner Stimmungen zeigten. Ein schöner Mann, aber trotzdem ...

„Ich werde Hob nicht mit dir teilen. Aber du brauchst mich, also musst du mich wohl bei Laune halten." Bei dem Gedanken daran, dass der kleine Kobold beinahe sein Leben gelassen hatte, stieg erneut Wut in Borya auf. Er wollte Darius keinerlei Zugeständnisse machen.

Jetzt fing Borya einen beinahe amüsierten Blick von Darius auf. „Wölfe sind besitzergreifend ... Bringe den kleinen Vampir herein, dann werden wir sehen, ob er gewillt ist, *dich* mit mir zu teilen. Mich verlangt es nach deinem Blut, denn es rollt prickelnd wie Champagner über meine Zunge. Dein Aroma ist einzigartig, wild und unbeugsam wie du selbst."

Für einen Moment presste Borya die Kiefer aufeinander. Er hatte von einem Wolf gehört, der sich mit dem Vampirkönig zusammengetan hatte. Das alles war lange her, aber diese Verbindung hatte die Überlieferung überdauert und war zur Legende geworden.

„Wer war der Wolf an deiner Seite?", fragte Borya lauernd. Es war kein Zufall, dass Darius ihn gerufen hatte, da gab es noch etwas, was er ihm nicht sagen wollte.

„Du hast also davon gehört?" Es war mehr eine Feststellung als eine Frage. Ein wenig zögernd holte Darius eine reich verzierte Holzkiste hervor und stellte sie auf die Liegefläche. „Sie hat die Ausmaße des längsten Knochens eines großen Wolfs. Nach dem Tod werdet ihr wieder zu einem Vierbeiner, wie du sicher weißt. Die Maden sind zum Glück schon lange mit ihm fertig."

Fassungslos hob Borya den Blick, nachdem er den Deckel geöffnet hatte. Die leeren Augenhöhlen eines

Wolfsschädels starrten ihn an. „Diese Gebeine gehören nicht dir, du hast seiner Familie die Möglichkeit genommen, sie angemessen zu bestatten", knurrte er. „Wir halten die Tradition hoch."

Borya nahm das knöcherne Haupt in die Hände und streichelte es ehrfürchtig. Es musste ein stattlicher Rüde gewesen sein mit ausgeprägten Gesichtszügen. Die Oberfläche war rau, doch es kribbelte in seinen Fingerspitzen.

„Das ist einer meiner Vorfahren, ich spüre es deutlich. Dieser Wandler gehört zu meiner Blutlinie." Wütend fixierte Borya Darius. „Ist das der Grund, warum du mich hierherzitiert hast? Weil du von einem weiteren Wolkow erfahren hast, der zum Leitwolf wurde?"

Ohne eine Miene zu verziehen, betrachtete ihn der Vampirkönig, dann kam er näher und betastete Boryas Wangenknochen. „Du würdest nicht glauben, wie ähnlich du Jascha bist. Dieser hohe und breite Jochbogen gibt euch beiden ein sehr prägnantes Aussehen, genau wie dein Kiefer mit dem kräftigen Kinn."

Beinahe wäre Borya zurückgewichen, die kühlen Finger bereiteten ihm Unbehagen. „Ich bin aber nicht Jascha, er ist seit Jahrhunderten tot und sollte endlich neben seinen Verwandten seine Ruhe finden."

Darius legte ihm eine Hand auf die Schulter und hörte nicht auf, ihn zu berühren. Wie besessen strich er über Boryas Oberkörper. „Du kannst den Kleinen haben, wenn *du* mir gehörst. Das ist der Deal. Sonst bestehe ich darauf, von euch beiden bedient zu werden. Wenn Hob von mir trinkt, verfällt er meinem Willen sowieso."

„Natürlich", gab Borya lächelnd zurück, mit diesem Angebot hatte er schon länger gerechnet. Er setzte seine ganze Hoffnung auf die Widerstandskraft in dem Wolfsblut, das er Hob zuerst verabreicht hatte. Obwohl Darius sicher davon wusste, aber er kannte nicht die Stärke in Boryas Genen.

Hobs Leiden musste zu Ende sein, unter seinem Schutz sollte seinem kleinen Kobold nichts Böses widerfahren. Ganz sicher würde Borya nicht dulden, dass er zu einer Vampirmarionette wurde.

„Wie alt ist Jascha geworden? Du spekulierst auf meine lange Lebensspanne. Wenn ich Hob überlebe, beanspruchst du mich für dich allein. Was hast du zwischenzeitig vor? Warum sind wir so interessant für dich?", fragte Borya.

Wehmütig lächelnd nahm Darius ihm den Schädel aus den Händen und legte ihn zu den anderen Knochen zurück. Dann räumte er die Kiste wieder weg, als gehörte der Inhalt ihm. Darauf würde Borya noch zu sprechen kommen, aber jetzt war der falsche Zeitpunkt. Ohne die Gebeine würde er nicht zurück nach Sibirien gehen, Jascha musste endlich mit seinen Vorvätern vereint werden. Vielleicht irrte er noch als heimatloser Geist herum.

„Er war Mein, mit Leib und Seele. Wir haben uns geliebt und er geht noch immer mit mir durch die Ewigkeit." Darius setzte sich und ordnete die samtenen Aufschläge seiner Jacke. Die Kleidung passte nicht zu seinem Lebensstil. Es hätte Borya nicht gewundert, wenn der König für die Zukunft wesentliche Veränderungen anstrebte.

„Ich vermisse Jaschas warmen Körper. Er trank von mir und ich von ihm. Bei jedem Beischlaf haben wir die Blutehe vollzogen", fügte Darius hinzu und schwelgte offensichtlich in Erinnerungen.

Vampirrituale, die sie normalerweise nur untereinander zelebrierten. Das war kaum zu ertragen, Borya musste sich abwenden, zu sehr kochte der Zorn in ihm hoch. „Nennst du es Liebe, wenn du ihm diktieren konntest, was er zu tun hat? Er war unter deinem Einfluss, du kennst die Wirkung deines Blutes. Jascha war dir hündisch ergeben, du willst es nur nicht wahrhaben."

Schmerz zeichnete sich auf Darius' Zügen ab und er zuckte zusammen. „Warum lässt du mir nicht den Trost, als meinen Gefährten an ihn zu denken? Musst du unbedingt die Axt im Wald spielen?", herrschte er ihn an.

„Vielleicht bin ich nicht besonders feinfühlig, aber ich bin ehrlich, Darius Romanow", brüllte Borya zurück, begleitet von einem tiefen Grollen aus seiner Brust. „Schon seit Jahrhunderten hältst du Jaschas Seele gefangen, wie du zuvor seinen Körper und sein Bewusstsein in deinen Fängen hattest. Das ist Tyrannei! Verwechsle das nicht mit romantischen Gefühlen, du handelst aus reinem Eigennutz und ich würde niemals an Jaschas Stelle treten."

Borya ging zur Tür und öffnete sie. „Ich hole jetzt Hob und nach unseren Blutspielchen will ich von dir wissen, wie deine Pläne aussehen. Dann erfährst du meine Entscheidung ... ob ich dir dabei helfe oder nicht. Du kannst dich auf eine gewisse Loyalität berufen, aber daran sind Bedingungen geknüpft, *König.*"

Als er zu ihrem kleinen Lager am Feuer ging, hörte Borya Darius laut mit sich hadern. Ein Lächeln umspielte seine Lippen.

„Dieser verfluchte sibirische Hinterwäldler hält sich für einen Romantiker! Er hat zu gehorchen! Speichellecker, nein, ich will keinen Speichellecker!" Unwillkürlich hatte Darius in ihre gemeinsame Muttersprache gewechselt und benutzte kaum noch normale Wörter, sein Selbstgespräch war eine einzige Verwünschung. Dabei nannte er Borya immer wieder einen Hund, was schon im üblichen Sprachgebrauch eine derbe Beleidigung war, aber ihn traf es besonders.

„Fluch nur, Romanow. Es wird dir nichts nützen", knurrte Borya, als er Hob vorsichtig auf die Arme nahm, damit er ihn nicht aufweckte. Sein kleiner Kobold sah entspannt aus, die Lippen waren leicht geöffnet. Borya konnte nicht anders, als ihn zärtlich zu küssen und ihm die Zunge in den Mund schlüpfen zu lassen.

Hob hob die Lider und umschlang seinen Nacken, um sich dem erregenden Spiel anzuschließen. Dieses geile Luder war allzeit bereit für ihn, das würde Borya sich merken. Auch er konnte sehr spontan sein, wenn es um Verlangen und die plötzliche Sehnsucht nach Nähe ging. Doch das Wummern in seiner Brust irritierte ihn viel mehr, das hatte er selten gespürt.

„Du wirst jetzt Darius' Blut trinken. Hab keine Angst, wenn es deinen Willen bricht", flüsterte er Hob ins Ohr. „Ich weiche dir nicht von der Seite, das wird schnell vorübergehen."

Tapfer nickte Hob und schaute ihn dann an. „Wird der König Anspruch auf mich erheben? Das habe ich mir immer gewünscht ... doch jetzt nicht mehr."

Borya schüttelte kaum merklich den Kopf. Er wusste, wie unberechenbar Darius war, darum konnte er nichts versprechen. Doch es wäre besser für den Obervampir, keine krummen Sachen zu versuchen, wenn ihm sein untotes Leben lieb war. Leider hatte Borya sein Schwert zurücklassen müssen, weil er es ohne entsprechendes Zertifikat nicht durch die Flugkontrolle bekommen hätte, aber er wusste sich zu wehren. Und Darius brauchte ihn, das war umso wichtiger.

Sein Wolf war sonst die Ruhe selbst, aber Hob konnte seine Nervosität spüren. Also vermutete Borya eine Falle. Das wäre Darius durchaus zuzutrauen und ein Moment der Unachtsamkeit konnte ausreichen, um die Dinge nachhaltig zu verändern. Es hatte Hob mehr als erschreckt, zu sehen, wie der König über Borya bestimmen konnte, nachdem dieser ihn gebissen hatte.

Das Blut, nach dem Hob sich immer gesehnt hatte, war plötzlich zum Feind geworden. Was für eine Ironie des Schicksals, dass ihn genau dieser Lebenssaft jetzt retten sollte. Vampirblut war berauschend, so viel wusste er.

Hob musterte Borya, als er ihn auf der Liegefläche im Wohnwagen niederlegte. „Bleibst du bei mir?", fragte er ihn leise, als er Darius in einer Ecke wartend entdeckte. Er stand da wie eine Spinne, die das zappelnde Insekt in ihrem Netz beobachtete. Es fehlte nur noch der passende Moment, sich auf ihr Opfer zu stürzen. Hob war nicht in der Verfassung, sich zu wehren, Darius konnte alles mit ihm tun.

Erstaunt bemerkte er seinen eigenen Sinneswandel: Noch nie in seinem Leben hatte er weniger vom Tod geträumt.

„Das habe ich dir versprochen." Borya legte sich neben ihn und Hob spürte seinen kräftigen Herzschlag sogar durch die Kleidung. Schon die ganze Zeit spielte er mit seinem Silberdorn, den er sich bereits auf den Daumen geschoben hatte. Beinahe gierig starrte Hob auf die pralle Halsvene, die sich an Boryas Hals präsentierte, als er sich über ihn beugte. Sich dort an dem warmen Blut zu laben, wäre jetzt viel mehr nach seinem Geschmack, als das kühle Vampirblut zu trinken. Während Borya ihn gerettet hatte, konnte Hob es nicht genießen.

„Nun habe ich euch beide endlich dort, wo ich euch haben wollte: In meinem Bett", bemerkte Darius amüsiert. „Zieht euch aus, ich bin noch lebendig genug, an eurer Glut teilzuhaben."

Hob schluckte und fühlte Boryas Augen auf sich ruhen. Mit der Treue hatte er es nie so genau genommen, doch bei diesem Wolf würde er gern eine Ausnahme machen ... wenn er ihn überhaupt wollte. Hobs Herz schlug noch immer etwas schneller, als er an die letzte Nacht mit Darius dachte, doch das war nicht über das Körperliche hinausgegangen. Wenn er ehrlich war, hatte er dabei an Borya gedacht. Mit ihm zu schlafen war anders ... einfach kein Vergleich.

Ein Schauer überlief Hob, als Borya damit begann, ihn von seinen Kleidern zu befreien. Er selbst war noch zu schwach, um ihm eine große Hilfe zu sein, aber es gefiel ihm, langsam entblättert zu werden. Vor allem ging Boryas Atem dabei immer schneller und der stattliche Schwanz in seiner Hose richtete sich auf.

Sein Wolf raunte Darius etwas zu, das wohl nicht für Hobs Ohren gedacht war, denn er sprach Russisch. Es klang nach einer Drohung; diese Sprache passte zu Borya, sie war voller Leidenschaft.

Lachend winkte Darius ab und gesellte sich zu ihnen. „Denkst du wirklich, ich will einen weiteren Angriff riskieren, nur, um eine heiße Nacht zu erleben?" Der König streichelte zärtlich über Hobs Brust und er bekam eine Gänsehaut.

„Heute werden wir uns in den Laken wälzen und ab morgen könnt ihr tun, was immer euch beliebt, solange du in der Nähe bleibst, Borya Wolkow. Wenn ich deinen Einsatz brauche, werde ich mich melden und erwarte deinen Gehorsam", führte Darius weiter aus. „Bald werde ich in einem großen Haus wohnen und muss mich nicht länger in der Dunkelheit verstecken."

Borya knurrte und starrte ihn wütend an. „Gefällt dir dieser Lebensstil nicht mehr? Seit die Sinti und Roma dich damals vor den Bolschewiki gerettet haben und über die Landesgrenzen brachten, bist du mit deinem Gefolge doch eher wie ein Zigeunerbaron unterwegs."

Das war ein wenig verwirrend für Hob. Also hatte Darius doch kein Heim, sondern war ein Vertriebener? Wieso warf Borya ihm das vor? Es schien noch viel Ungesagtes zwischen den beiden Männern zu geben.

„Standen wir nicht angeblich unter deinem Schutz, *König*? Warum haben dann so wenige Wölfe den wütenden Aufstand überlebt? Wir haben abgeschieden mit unseren Familien in den Wäldern gelebt und wurden trotzdem überrannt. Du hast uns im Stich gelassen, um deinen majestätischen Arsch zu retten."

Boryas Augen hatten sich gewandelt und sprühten in einem tiefen Bernsteinton. Hob liebte dieses Feuer. Anscheinen hatte Borya nicht ganz unrecht mir seinen Vorwürfen, denn Darius senkte den Kopf.

„Wer tritt schon mit Schwertern gegen Schusswaffen an? Der Name Romanow war zu der Zeit ein Todesurteil, sie haben mir jede Bleibe über dem Kopf angesteckt, ich hatte eigene Probleme. Noch nicht einmal meine Kräfte konnten mir dabei helfen, mir blieb nur die Flucht." Darius schleuderte die Worte Borya ebenso entgegen.

Jetzt starrten sie sich in die glühenden Augen und Hob hatte beinahe Angst, zwischen die Fronten zu geraten. Nach Sex sah es gerade wirklich nicht aus.

„Ohne deine Helfershelfer hätten sie dich gefunden und im Schlaf abgefackelt. Doch du kennst keine Loyalität, Darius. Auch die Sinti und Roma wurden nur geduldet, dann sogar verfolgt und umgebracht. Aber du hast nichts unternommen, um sie davor zu bewahren. Was macht dich zum König, wenn dir noch nicht einmal deine eigenen Anhänger etwas wert sind? Und jetzt erwartest du von mir, dein Handlanger zu sein, wenn das Tageslicht dich zur Untätigkeit zwingt."

Borya war aufgebracht aufgestanden und stand nun nackt und mit erhobenem Schaft vor der Liegefläche. Sein Anblick machte Hobs Mund trocken: Was für ein Krieger!

„Gib ihm dein verfluchtes Blut, um wiedergutzumachen, was ihm angetan wurde!"

Es sah aus, als wagte Darius nicht, Borya zu widersprechen. Ungehalten krempelte er den Ärmel seines Seidenhemdes hoch, dann biss er sich ins Handgelenk.

Als es über Hobs Lippen lief, konnte er das Blut nur auflecken. Sein Herz pochte wie eine Dampframme, während es prickelnd seine Zunge berührte. Das war die Essenz des Lebens und er saugte sie gierig in sich auf. Sie verteilte sich in seinem ganzen Körper, Hob konnte mitverfolgen, wie es Zelle für Zelle erfasste. Beinahe panisch überlegte er, ob wohl seine Verwandlung einsetzte. Wurde er zum Vampir?

„Das hat alles bald ein Ende, ich werde mich unter die Menschen mischen, als wäre ich einer von ihnen", keuchte Darius, während Hob voller Begeisterung von ihm trank. „Stelle dich nicht gegen mich, Borya. Ihr könnt mit mir in Luxus leben ... im Tageslicht."

Nur am Rande bekam Hob mit, wie Borya seine Wangen umfasste und ihn leicht ohrfeigte. Es dröhnte mit jedem Zug, den er von dem Blut nahm, lauter in seinem Kopf, aber Hob fühlte sich großartig.

„Es reicht, kleiner Kobold! Du hast gleich mehr von dem Zeug in deinem Bauch, als der König in seinen Adern. Das ist gefährlich!" Beinahe gewaltsam drehte Borya Darius' Handgelenk aus seinem Griff. Dafür kassierte er einen triumphierenden Blick von dem Vampir.

„Denkst du, ich kann ihn leer trinken? Dann scheppert er hohl wie ein Mülleimer", lallte Hob und kicherte los. Verdammt guter Stoff, von diesem Blut konnte er gern regelmäßig etwas genießen. „Gibt's das ... in Flaschen?" Er wollte sich ausschütten vor Lachen, aber dann hätten sie die Sauerei auf dem Bett gehabt. Keinen Tropfen würde Hob davon wieder hergeben.

„Wie willst du im Sonnenlicht wandeln?", fragte Borya etwas mittelalterlich, was Hob belustigte. Vampir mit Sommersprossen. Wieder kam ein Kicheranfall und Darius grinste nun ebenfalls.

„Das werde ich dir erklären, mein lieber Freund, wenn dieses alberne Gänschen wieder bei Sinnen ist", sagte der König ganz besonders würdevoll, während Borya schnaufte. „Ein Artefakt wird mir dabei gute Dienste leisten und du wirst mir helfen, es zu bekommen. Es soll dein Schaden nicht sein, Borya Wolkow."

Darüber hätte Hob gern mehr erfahren, aber Borya hatte nichts Besseres zu tun, als ihm beim Aufstehen zu helfen. Schwankend schmiegte er sich an ihn, doch eigentlich war er wieder gut bei Kräften. Nur sein Verstand war etwas durcheinandergeraten.

Konnte Darius ihm nun befehlen, Purzelbäume zu schlagen? Würde es Borya nicht mit Sicherheit verärgern, hätte Hob gern mal nachgefragt. Aber er stand ja unter dem Schutz des heißesten Wolfslovers, den er sich vorstellen konnte.

„Ich werde jetzt deeeeeeeeeskaliiieren", nuschelte Hob und legte die Arme um Boryas Nacken, um ihn zu einem Kuss heranzuziehen. Diese Klarheit und Deutlichkeit, mit der er jetzt jede Berührung wahrnahm, haute ihn beinahe um. Ihre Zungen flatterten umeinander und Hobs Schwanz bohrte sich in Boryas Unterleib. Alles prickelte und fühlte sich überaus lebendig an.

Das Vampirblut musste bewusstseinserweiternd wirken, seine Sinne waren wie angespitzt. Noch keine Droge hatte das so geschafft, das war einfach nur geil. Es pochte in seinen Muskeln, vielleicht ließ sich daraus etwas machen. Ihre Stärke war Hob beinahe unheimlich. Jetzt wusste er, wie Borya sich fühlen musste, nur konnte er selbst mit so viel Power nicht umgehen.

„Geht jetzt und fallt übereinander her wie die Karnickel", befahl ihnen Darius ein wenig launig. „Ich habe verstanden, dass zwischen euch kein Platz für mich ist."

Er war gar kein so übler Kerl. Hob spürte, wie es an ihm riss, er musste dieser Aufforderung nachkommen, da gab es keine Wahl. Energisch schob er Borya vor sich her, bis sie wieder an ihrem Deckenlager angekommen waren. Das Feuer tanzte noch und war angenehm warm.

„Wo sind diese Schattengestalten hin?", fragte sein Wolf, während er sich suchend umschaute. Sie waren allein. Es hatte Borya drinnen wohl ein wenig die Sprache verschlagen, zumindest war er auffallend ruhig geworden.

„Sie sind in die Stadt gefahren und jagen. Die Motorräder sind weg. Sie bringen immer einen oder zwei junge Burschen mit, die sich freiwillig als Futter zur Verfügung stellen. Meistens sind es Goths, sie bleiben für eine Weile, bis sie Darius langweilig werden", erklärte Hob.

Genüsslich betrachtete er Boryas nackten Körper, den man eigentlich einölen und in etwas aus schwarzem Leder stecken sollte: samtige Haut über harten Muskeln. Zu schade, dass Hob seinen Fundus nicht hier hatte, aber das war nicht so wichtig. Noch waren sie ungestört und er hatte einen Auftrag.

Wenn er jetzt so stark war, konnte er doch mal die Oberhand gewinnen. Ob Borya sich ihm hingeben würde? Oder war es bei den Wandlern eine Dominanzfrage, wer wen fickte? Leise lachend drückte Hob Borya auf das Lager und streichelte über seine Brust.

„Ich werde dich reiten! Du bist ein seltenes Exemplar deiner Art und ich will dich haben", schnurrte Hob, während er über Borya glitt und ihm sanft in die Unterlippe biss. Dann verloren sie sich wieder in einem dieser leidenschaftlichen Küsse, die Hob zum Zerschmelzen brachten. Sie rieben sich aneinander, fühlten die Härte des anderen, um sich noch intensiver mit den Zungen zu erobern. Hob wollte eins mit seinem Wolf werden.

„Was muss ich tun, um für immer zu dir zu gehören?", fragte er Borya heiser und schaute ihm dann tief in die Augen, die im Feuerschein wie Kohlen glühten.

„Mein Herz erobern ... aber lass jetzt diesen Schmus." Borya wollte ihn umdrehen, ihn unter seinem Leib begraben, doch Hob hielt kraftvoll dagegen und grinste ihn maliziös an.

„Wir sollten Darius' Angebot annehmen und in seiner Nähe bleiben. So hin und wieder würde ich gern einen Schluck von diesem Energydrink nehmen", erklärte Hob schmunzelnd, als Borya ihn erstaunt ansah.

Dieser ungläubige Gesichtsausdruck ließ geile Bilder vor Hobs geistigem Auge entstehen ... sein starker Wolf, der sich lustvoll unter ihm wand und um mehr flehte. Borya wurde mit der Peitsche gekitzelt und zuckte bei jedem Hieb. Mmmmmhh, das hatte was, Hob würde gern mal die Positionen tauschen. In seiner Wohnung hatte er eine Liebesschaukel, die er aus Lederriemen selbst gebaut hatte. Sie würde auch Boryas Gewicht tragen.

„Du willst weiterhin zu Darius' Hofstaat gehören?", keuchte dieser wundervolle große Mann, als sich Hob über seinen Schwanz schob und sich dann aufsetzte. Boryas Eichel drückte gegen seinen Eingang und Hob ließ sein Becken kreisen, um sie genau dort zu spüren, wo er sie haben wollte. Borya stöhnte auf, als er die Reibung fühlte.

„Mit dem sogenannten König werde ich so schnell keinen Frieden schließen. Ganz sicher dulde ich nicht, wenn er Hand an dich legt." Boryas Stimme war dunkel und kratzig, anscheinend gefiel ihm, was Hob mit ihm anstellte. Klang das nicht ein kleines bisschen besitzergreifend, auch wenn er keinen *Schmus* mochte? Die Augen seines Wolfs blitzten, seine Nippel richteten sich auf, nachdem Hob an ihnen gezupft hatte.

„Lass uns in London leben, ich habe dort eine Wohnung. Darius wird sich bestimmt auch in der City niederlassen wollen. Oder hast du vor, mich ins tiefste Sibirien zu verschleppen?" Mit einem frechen Grinsen biss Hob in seine Brustwarzen, dann griff Borya ihm in seine Dreads und zog ihn direkt vor sein Gesicht.

„Ich habe ein Haus in den Weiten der Wälder, aber überall, wo du bist, ist mein Heim", flüsterte er an Hobs Lippen, um sie zärtlich zu berühren und mit der Zunge darüber zu streichen. „Du sollst Flügel bekommen, statt in einem Käfig zu versauern."

Jetzt musste Hob schlucken, Tränen füllten seinen Blick. Hatte Borya das ernst gemeint? Er musste wohl ungläubig geschaut haben, denn sein Wolf legte die Hände um seine Wangen und küsste ihn.

„Alles an dir ist salzig … deine Haut, deine Tränen und der Saft deiner Lenden. Doch du schmeckst einzigartig nach Hob. Ich bekomme nie genug davon, an dir herumzulecken, die Geschmacksknospen explodieren von deinem Aroma", hauchte Borya. Er war heute mächtig gesprächig und jagte ein Zittern nach dem Nächsten durch Hobs Körper.

„Zu viel Süßholz", konnte er nur bebend zurückgeben. Die Mauer, die er um seine Gefühle gezogen hatte, wurde langsam brüchig. Doch die Dämonen lauerten ebenfalls dort, sie wollten ihren Kerker verlassen. Erst, wenn er in Boryas Armen sicher war, konnte Hob dieses Risiko eingehen.

Lächelnd küsste er Borya und richtete sich wieder auf. Als er hinter sich griff, fühlte Hob die Nässe. Sie würden kein Gleitgel benötigen.

„Ohhh jaaaa", stöhnte er. Endlich konnte er diesen riesenhaften Schwanz genau so in sich aufnehmen, wie es ihm beliebte. Hob steuerte die Tiefe des Eindringens und massierte Borya mit seinen inneren Muskeln. Bis zum Anschlag rutschte Hob über ihn.

„Fuck!", konnte er nur noch keuchen, als sie ihre Finger miteinander verschränkten, damit Hob sich auf diesem stattlichen Pfahl wiegen konnte. Jede Berührung seines Lustpunkts löste wilde Reizgewitter in ihm aus.

Bald ... bald würde er kommen, doch er konnte die Augen nicht von Boryas Gesicht lassen. Hob drückte ihn in die Decken, Borya konnte seinen Unterleib nicht heben, um sich fester und schneller in seinen Körper zu rammen. Beinahe flehend starrte ihm Borya entgegen, der diesmal etwas anderes zu kosten bekam als seinen Brachialsex. Das erregte Hob besonders, denn der Bursche wand sich vor Verlangen wie in seiner Fantasie.

„Was denn? Gehört das nicht zu deinen Hinterwäldlerspielen, großer böser Wolf?", keuchte Hob atemlos und lachte.

„Beweg dich!" Borya hechelte und jaulte kurz auf, als Hob die Muskeln um ihn zusammenzog. Nur zu gern hätte er Borya weiter gequält und den Höhepunkt herausgezögert, doch Hob war selbst zu spitz, um zu warten.

„Dann komm ..."

Mit beiden Händen umfasste Borya seine Hüften und gab den Takt vor, in dem Hob ihn jetzt ritt. „Nicht anfassen", befahl Hob, als die Finger zu seinem Schaft wandern wollten. Wenn Borya ihn berührte, würde er sich sofort ergießen. „Zusammen, okay?"

Da brach das Inferno auch schon los. Das Ende aller Worte war erreicht, während sie sich wild umeinander bewegten und einen gemeinsamen Rhythmus fanden. Grelles pulsierendes Licht umgab sie und erfasste Hob mit seinem Kribbeln.

„Das war ein Herzorgasmus", flüsterte Hob und Borya brachte es nicht über sich, ihn anzusehen. Er hatte es nicht anders empfunden, darum gab es sicher vieles, was er jetzt sagen sollte. Stattdessen nahm er Hobs Hand und drückte sie auf das kräftige Pochen in seiner Brust.

„Erzähle mir, was mit dem kleinen William passiert ist", verlangte Borya rau, nachdem er zur Sprache zurückgefunden hatte. Sein Puls raste noch immer, denn ihre Nähe überwältigte ihn.

„Tot." Mehr schien Hob nicht dazu sagen zu wollen, doch Borya hätte eher die Luft für Stunden angehalten, als das heilige Schweigen zu brechen. Es war Hobs Entscheidung, wann er es ihm anvertrauen wollte.

„William war nach den Schmerzen nicht mehr lebensfähig. Darum hat er Hob Goblin Platz gemacht, der alles mit einem Lachen hingenommen hat und sich verteidigen konnte wie ein Mann", erklärte Hob leise.

Borya nickte. „Er flatterte umher wie ein irrer Schmetterling."

Hob war immer auf der Suche nach Liebe und Zugehörigkeit, dafür hätte er sich sogar mit dem Satan verbrüdert. Zu lange hatte er als Junge die Hölle ertragen müssen. Vielleicht konnte Borya ihm den Halt geben, um endlich anzukommen in seinem Leben. Er selbst war vor den Gefühlen geflohen, doch sie hatten ihn gefunden.

„Wer ist dieser Leschij?" Hob hob den Kopf aus seiner Armbeuge und schaute Borya in die Augen.

Ein Lachen bahnte sich den Weg aus Boryas Brust und er musste Hob einfach fest an sich ziehen. „Er ist ein Kobold, Hob Goblin, der die Menschen gern an der Nase herumführt. Aber er ist nicht halb so besonders wie du. Ein Vampirkobold ist mir bisher noch nicht begegnet."

„Hey!" Hob boxte ihm in die Seite und er ächzte. „War das ein Kompliment?"

„Natürlich."

Probehalber schob Borya sich den Silberring mit dem Dorn über den Daumen, doch er war ihm zu eng, was bei seinen Pranken nicht anders zu erwarten gewesen war. Mit diesem Dorn konnte Hob von ihm trinken, wann immer er wollte. Dass sein Blut ihm ein wesentlich längeres Leben schenken würde, musste Borya ihm nicht verraten.

„Die anderen Vampire fanden mich köstlich. Willst du mich auch mal probieren?", fragte Hob sichtlich angespannt. Es schien eine besondere Bedeutung für ihn zu haben, ihr Blut zu tauschen. Ganz sicher würde sich das geile Luder ein schönes Spiel dazu ausdenken.

„Können wir tiefer miteinander verbunden sein?"

„Nein", antwortete Hob und lächelte.

„Dann ja." Borya legte wieder die Arme um seinen starken Kobold und brummte zufrieden.

Hob Goblin

Usher ist Dämonenjäger. Ohne es zu wollen, ist er in eine magische und sehr erotische Welt geschliddert. Vampire, Dämonen und andere Wesen begleiten ihn.

In einer Reihe von Kurzromanen und Romanen entführt Usher charmant in seine Geschichte. Wenn er liebt,dann sind es beide Geschlechter gleichermaßen.
Es wird aber nicht nur sinnlich, sondern auch höchst spannend ... denn Usher ist kein Mensch und er hat eine wichtige Aufgabe.